COLLECTION FOLIO

Thomas Day

L'automate de Nuremberg

Gallimard

Une première version de ce texte a été publiée dans la revue *Bifrost* en mai 2006 (n° 42) sous le titre *Le dernier voyage de l'automate joueur d'échecs*.

Né en décembre 1971, Thomas Day écrit plusieurs nouvelles de littérature dite « générale » avant de se tourner avec succès vers la littérature de l'imaginaire. Ses textes paraissent dans différents fanzines, avant qu'il ne rejoigne l'équipe de *Bifrost, la revue des mondes imaginaires* en 1996 dont il est depuis devenu l'un des piliers. Écrivain prolifique et imprévisible, il est l'auteur d'une cinquantaine de nouvelles et de plus de dix romans. Refusant de se cantonner à un genre, il flirte avec le polar comme avec la *fantasy*, le *space opera* ou le fantastique. Il publie, en 2002, *La Voie du Sabre*, roman récompensé par le prix Julia Verlanger 2003. Les aventures du jeune Mikédi Nakamura et du légendaire samouraï Musashi dans un Japon médiéval et magique sont suivies en 2005 de *L'homme qui voulait tuer l'Empereur* qui entraîne le lecteur sur la Voie de la vengeance. *L'Instinct de l'équarrisseur. Vie et mort de Sherlock Holmes* se déroule dans des univers parallèles et nous emmène sur les traces du grand détective, devenu assassin de la reine, et à la rencontre, entre autres, de Jack London et d'Oscar Wilde. Autre genre, autre époque, *Le double corps du roi*, hommage aux travaux de l'historien Kantorowicz, est écrit avec Ugo Bellagamba et nous plonge au cœur d'une fresque épique, à la poursuite de l'Hérakléion, l'armure fabriquée par le Dieu-Forgeron. Grand voyageur,

Thomas Day a aujourd'hui posé ses valises près de Chantilly où il se consacre à sa famille.

Volontiers provocant, toujours surprenant, Thomas Day est l'un des écrivains les plus intéressants de l'imaginaire francophone.

Découvrez, lisez ou relisez les livres de Thomas Day :

LA VOIE DU SABRE (Folio Science-Fiction n° 115)

L'HOMME QUI VOULAIT TUER L'EMPEREUR (Folio Science-Fiction n° 206)

L'INSTINCT DE L'ÉQUARRISSEUR (Folio Science-Fiction n° 188)

LE DOUBLE CORPS DU ROI, *en collaboration avec Ugo Bellagamba* (Folio Science-Fiction n° 278)

Pour René Reouven,
avec toute mon admiration.

1

CINQUIÈME JOURNAL DE MELCHIOR HAUSER
(*Collection privée de Léopold Sédar Senghor*)

Il fallait bien que cela arrive un jour, et je commence donc mon cinquième journal par la conclusion logique des événements précédemment relatés pages 91 à 128 du quatrième volume de mes mémoires et interrogations ; ainsi, l'histoire d'amour et de haine qui lie, depuis les toutes premières années du siècle, Napoléon Bonaparte à la Russie (victoires d'Austerlitz et d'Iéna, signature du traité de Tilsit, catastrophique campagne de 1812 soldée par le passage tragique de la Berezina, siège de Paris, contre-offensive de 1815 et victoire d'Aix-la-Chapelle), cette histoire semble aujourd'hui, 13 septembre 1824, trouver son point final dans la chute de Moscou et la signature du traité de Nijni (cette grosse bourgade située à l'est de Moscou et dotée d'une académie militaire, où le tsar Alexandre et sa suite, dont je fais encore partie pour quelques heures, se sont réfugiés alors que les troupes françaises approchaient de la capitale). L'empereur de France n'a pas commis deux fois la même erreur et c'est une campagne d'été (et non d'hiver) qui lui a permis de prendre Minsk, Smolensk et enfin Moscou. Évidemment, quand je dis prendre, je parle de villes mises à sac, de populations exécutées, de champs et de bâtiments incendiés (comme il se doit, les Russes ont connu le même sort que les Espagnols). Une victoire que l'Histoire aurait refusée à l'empereur de France s'il n'avait pas réussi à lever d'importantes troupes dans ses colonies de l'Ouest africain (l'Europe occidentale est exsangue, elle a trop guerroyé avec ou contre le petit caporal devenu tyran). Je ne me fais aucune illusion sur les prétendues vertus de mon propriétaire, le tsar Alexandre Ier, mais, au jeu de la comparaison, celui qu'on appelle encore « le protecteur de toutes les Russies » se révèle pur produit des Lumières quand l'homoncule corse, lui, se vautre et se complaît dans la fange et les ténèbres.

Hier, le tsar, mon propriétaire depuis que je lui ai été offert au lendemain du congrès de Vienne par le roi de Prusse Frédéric-

Guillaume III, m'a remis une épée de bois et m'a expliqué que ce *rudis* sur lequel il a fait graver mon nom en caractères cyrilliques et romains fait de moi un automate libre ; au temps des gladiateurs, empereurs ou sénateurs romains remettaient un *rudis* aux combattants qu'ils voulaient voir quitter l'esclavage. Les automates seront les esclaves du siècle prochain, et leur esclavage, aussi, finira par être aboli.

« Je te rends ton nom, Melchior Hauser, et ainsi ta liberté. À partir de maintenant, tu n'es plus l'automate joueurs d'échecs du tsar de toutes les Russies. Aujourd'hui, chacun de nous a perdu son titre. »

J'étais esclave, car objet pour tous les yeux qui m'observaient, et me voici libre. Libre, mais pas encore humain, mes capacités intellectuelles et mémorielles étant sans doute trop étriquées. Je suis intelligent, à ma façon, comme peut l'être un chien ou un cheval bien dressé, mais ai-je une âme ? Il me faudra un jour ou l'autre poser cette question à mon père, Viktor Hauser. Je ne puis m'y soustraire.

J'ai pris l'épée de bois dans ma main droite, avant de saluer le tsar d'un petit hochement de tête. Touché par ce cadeau, j'ai alors consacré le temps nécessaire pour écrire un carton de remerciement. Depuis que nous nous affrontons, séparés par un échiquier, j'ai pris l'habitude de lui écrire des cartons, car mon cylindre de dialogue russe ne me permet de prononcer que quelques expressions de politesse : « bonjour », « au revoir », « merci », « auriez-vous l'obligeance de me remonter », etc. Un vocabulaire si pauvre qu'il ne m'autorise aucune conversation. D'ailleurs, à ce sujet, mon cylindre de langue allemande montre à peine plus d'éloquence.

« Que vas-tu faire de ta liberté ? » m'a demandé le tsar, veillant à bien parler en face de moi, pour que je puisse observer le mouvement de ses lèvres.

Un autre carton griffonné avec moins de soin — je peux écrire très vite si la situation m'y oblige — m'a permis de lui expliquer que j'aimerais retourner à Nuremberg pour retrouver la trace de mon créateur, Viktor Hauser, car j'ai une question à poser à celui-ci.

« Quelle question ? » m'a demandé Alexandre.

Ai-je une âme, Père ?

Plutôt que de me poser la main sur l'épaule et m'offrir un commentaire qui, au mieux, aurait été condescendant, le tsar a fait venir dans ma chambre de l'académie militaire de Nijni un de ses protégés, un double-Russe (c'est ainsi que je surnomme les Slaves immenses, trop larges, qui font plus de deux fois ma taille et cinq fois mon poids). Celui-ci, que j'avais déjà aperçu à travers le flou qui m'environne en permanence, s'appelle Igor Derevko et ses traits sont remarquables de brutalité : crâne cubique, mâchoire d'acier, nez cassé et mal soigné, yeux clairs comme enfoncés sous le bosselage du front de deux coups de pioche précis, cheveux drus et rebelles évoquant un chaos de limaille de fer. Le tsar, vaincu par l'empereur de France, si déboussolé qu'il n'a rien trouvé de mieux à faire que de rendre sa liberté à son automate joueur d'échecs, plutôt que de relire le traité qui va faire de lui, peu ou prou, le roi de Sibérie, m'a alors expliqué que le cosaque Derevko a récemment perdu sa femme, Iekaterina Derevkova, vaincue par la consomption.

« Tout comme toi, Melchior, Derevko aimerait en savoir plus sur l'âme et son devenir. Il aimerait revoir sa femme une dernière fois, pour lui dire par-delà les rives de la mort ce qu'il n'a su lui confier alors qu'ils étaient pris dans les flots de la vie ; autant dire qu'il cherche une preuve de l'existence de l'au-delà et qu'il pense plutôt la trouver vers l'ouest qu'en Sibérie. Ensemble, avec l'aide du génie Viktor Hauser, peut-être pourrez-vous trouver réponse au questionnement qui vous hante. En ce qui me concerne, j'ignore si tu as ou non une âme. Par contre, je suis certain que tu n'es pas un automate comme les autres, car tu jouis d'une chose qui manque à bien des hommes, le libre arbitre. »

Igor s'est placé bien face à moi, à moins d'un mètre pour que je puisse lire sur ses lèvres, et m'a précisé qu'il se fera un plaisir de m'accompagner jusqu'à Nuremberg et au-delà, tout en assurant ma protection. Il m'a semblé mal à l'aise dans son costume civil, comme si, en le privant de son uniforme de cavalerie et de son sabre, on l'avait dépossédé d'une partie de lui-même. L'homme qui va m'escorter n'est plus soldat, n'est plus marié ; son deuil est double en quelque sorte. Je vois en lui un fantôme à la recherche d'un autre fantôme ; une impression que renforce la médiocre qualité de mes yeux mécaniques.

Outre mon épée de bois, le tsar m'a donné un laissez-passer (comme l'y autorise ce qui sera bientôt appelé le « traité de Nijni ») et une forte somme d'or en petites pièces frappées du portrait de Napoléon Ier. En effet, à partir d'aujourd'hui, seule cette monnaie est capable de m'ouvrir les portes de l'Occident russe jusqu'aux territoires occupés de Pologne et de Prusse.

Le soleil est levé depuis une heure ou deux et la délégation française ne va plus tarder à remonter la grande allée de l'académie militaire de Nijni.

Derevko vient d'entrer dans ma chambre et m'a trouvé, plume à la main, courbé sur ma reliure, ce qui semble le terrifier. Je continue d'écrire et juge « étonnant » d'écrire la phrase « je continue d'écrire ». Mon étonnement est-il une forme d'ironie que je ne serais pas capable d'analyser ? Impossible à dire.

Le présent tel qu'il m'environne : Derevko attend que j'aie fini d'écrire. Il ne parle pas, ne me donne pas d'ordre, s'étonne. Il agit comme si j'étais son maître et lui mon valet… Non, j'exagère, il a trop conscience de sa force physique. Dans un couple de bandits, il serait celui qui cogne, moi celui qui parle. Mais je ne peux pas parler, juste réciter quelques mots ; dans un couple de bandits je ne pourrais être qu'un butin érudit, une marchandise. Un esclave, comme d'habitude.

L'autre présent, plus lointain, désormais : le tsar est vaincu, mais garde tout l'Est de ce qu'était encore il y a quelques mois la Grande Russie, c'est-à-dire les terres qui s'étendent de l'Oural au détroit de Béring. Le tsar se meurt, mais son frère Nicolas, qu'on dit nationaliste comme un ours enragé, rêve probablement et dès à présent de revanche, se voyant sans doute en train de piétiner le petit Corse ou de le faire écarteler entre deux ou quatre chevaux, car tel est le sort que les cosaques d'ici réservent à ceux qui leur déplaisent.

Igor m'informe que notre voiture nous attend. Elle peut encore attendre quelques minutes. Il me dit qu'il a déjà préparé sa lourde malle et profite maladroitement de ce détail pour me parler de sa femme, en précisant qu'il n'a emporté aucune des affaires de celle-ci. J'observe le chagrin qui déforme ses traits, une affliction à l'esthétique incongrue, évoquant les grimaces de douleur d'un géant qui se serait tordu la cheville et lutterait, congestionné, pour ne pas hurler.

Pour ma part, je n'ai qu'une petite valise en cuir contenant mon jeu d'échecs de voyage, mon cylindre de langue allemande, mes journaux et mon épée de bois. La valise est ouverte, car j'écris ces mots sur mon cinquième carnet que je rangerai bientôt. Ma clé, trop grande pour ma valise, se trouve sur le lit que je n'ai pas défait (je ne dors jamais). J'aurai bientôt besoin d'être remonté. Une fois que cette valise sera fermée avec toutes mes possessions à l'intérieur, il faudra que je demande à quelqu'un de la porter pour moi car elle m'est trop lourde. Elle l'a toujours été.

J’écris un carton à mon garde du corps et le lui tends :

Auriez-vous l’obligeance de me montrer une gravure de votre épouse ?

Il lit les mots, s’étonne, farfouille dans sa veste et en sort un médaillon qu’il ouvre. Le bijou en or contient un portrait ovale dont la finesse évoque celle d’un *cameo* italien. La jeune femme y figurant m’apparaît toute de nacre ciselée, aussi délicate que Derevko est massif. À bien observer Iekaterina Derevkova ainsi représentée, on devine sans mal la maladie qui l’affaiblira quelques années plus tard et finira par l’emporter. Et on se demande ce qui a bien pu lier ces deux-là, verre de cristal dans la patte d’une bête sauvage.

« Merci », dis-je de ma voix mécanique, gravée sur cuivre et donc dépourvue de toute variation d’intonation. « Auriez-vous l’obligeance de me remonter ? »

Derevko me regarde avec de grands yeux écarquillés que l’on pourrait qualifier de bovins, n’était leur clarté ; bleu de glacier ou gris martial, je ne saurai probablement jamais. Ma main gauche se dresse, désigne la clé qui repose sur le lit ; elle est faite d’un acier noir, teinté dans la masse, que seul mon père semble en mesure de fondre. Igor prend le lourd objet (si lourd qu’il m’est impossible de le manœuvrer, surtout en ayant les mains dans le dos). Il cherche à comprendre comment l'utiliser, si bien que d'une main j'écris ceci et de l'autre un carton d'instructions que je lui remets.

Il lit mon message, glisse la clé dans mon dos et me remonte avec d'infinies précautions, comme s'il craignait de me briser. Il ne m'a pas remonté à fond, mais peu importe. Je le remercie. Le temps est probablement venu de quitter l'académie militaire de Nijni.

Cher Igor, puis-je vous demander d'emporter ma clé et ma valise jusqu'à la voiture, une fois que j'aurai fini d'écrire ?

Le tsar a fait de moi un automate libre, mais je ne serai vraiment libre que le jour où je n'aurai plus besoin d'être remonté. Ah, mon père, Viktor Hauser, vous que les grands de ce monde ont surnommé le de Vinci de Nuremberg, vous avez fait un miracle, mais un miracle d'immense faiblesse.

2

L'esprit n'est ni solide ni liquide, c'est un éther qui peut, sans doute, passer de corps en corps s'il a été créé hors de toute chair, ce qui est mon cas. Depuis que Kaspar est parti, les seuls corps et esprit que je côtoie, ici, sous terre, sont ceux du Père.

Le Père, c'est comme ça que je l'appelle, car créateur est un adjectif qu'il ne mérite pas, que je préfère réserver à Dieu, il est mon père comme Joseph fut celui de Jésus… Le Père, revenons à lui ; je parlerai de Dieu plus tard… Le Père a peur de Napoléon et de ses patrouilles qui quadrillent inlassablement Nuremberg. Un empire est condamné à croître, à trébucher, puis à tomber, mais l'empire du petit Corse va chuter en plein âge de la poudre et des canons, ou pis… au temps des plus-lourds-que-l'air, des machines pensantes et des automates. Le Père ne sait plus quelle doit être sa ligne de conduite ; il boit. Il divague. Hier, il m'a dit :

« Il faut que je te parle de Faust. Pas du Faust de Goethe. Pas du docteur Faustus de Christopher Marlowe. Je ne pense qu'à Johann Georg Faust, né vers 1480 dans le village de Knittlingen, dans le Wurtemberg. Il était docteur en médecine et alchimiste. D'après Melanchthon, un ami du grand Luther, il aurait étudié la magie à l'université de Cracovie, avant d'en pratiquer son essence la plus ténébreuse, et de rédiger des rapports dépréciant les miracles de Jésus et affirmant qu'il était à même de les réitérer. Craint et détesté par Luther et Melanchthon, qui tous deux le disaient constamment accompagné par le Diable incarné en chien, Faust s'est mis à enseigner son savoir à des crédules vite devenus ses adeptes. Utilisant une lanterne magique, qui n'avait de magique que le nom, il lui arrivait de faire apparaître le Diable sous sa forme de Grand Cornu, mais aussi les héros de Troie et le cyclope Polyphème. À Erfurt, il aurait confessé à un moine franciscain nommé Konrad Klinge : "Je suis allé plus loin que vous ne le pensez et j'ai fait une promesse au démon avec mon propre sang, d'être sien, dans l'éternité, corps et âme." Des mots qui lui vaudront d'être mis à mort à Breisgau, en 1540. Ne vois-tu pas, mon fils, le parallèle qui se dessine entre le destin de Johann Georg Faust, docteur, damné et alchimiste, et mon propre destin d'inventeur, d'alchimiste, radié de l'ordre des médecins ? Un jour tu

conteras à qui voudra l'entendre : L'histoire du docteur Hauser, le fameux inventeur et maître de l'art alchimique ; comme il se vendit à la science pour un temps marqué, quelles furent, pendant ce temps-là, les étranges inventions dont il fut la source, jusqu'à ce qu'enfin il reçût sa récompense bien méritée. »

Le Père divague, souvent, et quand il ne divague pas, il m'explique qu'il aimerait rassembler ses fils, mais que ça lui est impossible, Kaspar a fugué il y a plus d'un an déjà, à l'acmé du printemps, et Melchior est loin, à moins qu'il n'ait été détruit durant la seconde campagne de Russie. Nulle nouvelle de ses rouages et boiseries n'est arrivée jusqu'à nous. Si Napoléon finissait par s'emparer de Kaspar, cette capture n'aurait aucune conséquence, Kaspar était juste un bébé mort-né, encore tiède, à qui l'électricité a redonné la vie. Par contre, si Napoléon met la main sur Melchior, sur ses rouages plus précis que ceux d'une horloge vaudoise, sur ses cylindres de cuivre si élaborés qu'ils terroriseraient n'importe quel ecclésiastique, alors l'Angleterre et les États-Unis d'Amérique risqueraient de subir à brève échéance le même sort que la Russie, l'Afrique occidentale, l'Italie ou l'Espagne. Étudier Melchior, c'est arpenter une voie de découvertes scientifiques qui ne peut que mener à la conception d'armes révolutionnaires et, pourquoi pas, autonomes, « automatiques », dirait le Père, un arsenal qui n'aura plus besoin de l'homme pour tuer et qui pourra, si on pousse cette logique jusqu'au bout, s'emballer et tuer tous les hommes.

Seul Dieu, à qui je m'adresse ici, a le droit de tuer tous les hommes.

Le Père boit, sombre dans les vapeurs d'alcool, barque capricieuse car sans gouvernail, et moi j'attends. Je suis le plus jeune des trois frères Hauser et je serai bientôt le plus puissant.

J'attends.

J'attends que ma prison de verre se brise ou soit brisée.

Voilà une réalité.

Que des ailes et une épée de feu me soient données.

Voilà une métaphore.

3

CINQUIÈME JOURNAL DE MELCHIOR HAUSER
(*Collection privée de Léopold Sédar Senghor*)

Le premier jour de notre voyage vers la Prusse (nous sommes seuls dans la petite voiture cossue qui, hier encore, appartenait au tsar de toutes les Russies) me donne l'occasion de mieux faire connaissance avec Igor. Je comprends dès nos premiers échanges (il parle, j'écris sur des cartons) que ses observations à mon endroit ne peuvent totalement satisfaire sa légitime curiosité. Depuis hier, il brûle de savoir comment je fonctionne, ce que je peux ou ne peux pas faire. Conscient que je dois expliquer au cosaque quelles sont mes capacités physiques et mentales, ainsi que leurs limites, je m'exécute, avec d'autant plus de facilité que Derevko est censé me protéger.

Commençons par le plus simple, les capacités physiques : je peux marcher, mais pas courir ; je peux gravir ou descendre des escaliers, mais les échelles me posent de sérieux problèmes ; je peux m'asseoir et me lever, mais si je me couche sur le dos, je ne suis plus en mesure de me remettre debout sans avoir au préalable à me tortiller jusqu'à un bord de lit, des escaliers ou un marchepied de tailleur, entre autres exemples. Je ne peux pas nager, évidemment ; pis, je coule comme une pierre. D'ailleurs, puisque l'on parle d'eau, j'ai dès mes premiers tours de clé pris l'habitude de m'en protéger avec une forme d'inquiétude qui ressemble parfois à de la folie. Je suis monté une fois à dos de poney et on ne m'y reprendra plus. Qu'on ne croit pas pourtant que j'ai souffert de ma chute : je ne ressens pas la douleur, pas plus que le plaisir d'ailleurs. Par contre, en tombant du cheval nain, je me suis fendu une boiserie du bras droit, ce qui a obligé un ébéniste à changer la pièce des deux côtés, afin de garantir l'homogénéité des teintes.

Je fais quatre-vingt-dix-sept centimètres de haut et ne peux porter plus de trois kilos de charge utile par main ; ce qui m'empêche, entre autres, de pouvoir me remonter tout seul ou de porter ma valise, mais ça, Igor le sait déjà. De toute façon, à cause de la déperdition d'énergie (inhérente à tout mécanisme d'horlogerie ou assimilé), ça ne sert pas à grand-chose que je me remonte tout seul. Mon père a inventé bien des choses, mais pas le mouvement perpétuel.

Mes doigts, j'en ai quatre par main, ont été parfaitement pensés et dessinés pour manier la plume ou des pièces d'échecs. Malheureusement, ils ne peuvent me servir qu'à cela, et il m'a fallu des années pour écrire de façon lisible, comme le prouvent mes deux premiers journaux qui semblent avoir été rédigés par un sajou contrarié ou transi par le froid. J'ai appris à lire sur les lèvres, écrire et devenir imbattable aux échecs, ainsi pourrait-on supposer que je suis capable d'apprendre autre chose ; il n'en est rien ; écriture, lecture et pratique des échecs sont les seuls domaines dans lesquels je n'ai eu de cesse de progresser.

Contrairement à la plupart des êtres vivants, je ne possède pas quatre, cinq ou six sens, juste un : la vue. Et cette vue, monochrome, ou en « niveaux de gris » comme avait l'habitude de dire mon créateur, Viktor Hauser, est pour le moins basique : je vois flou tout ce qui ne se trouve pas à une distance comprise entre soixante-cinq et cent trois centimètres ; ce flou est relativement stable à trop courte distance, c'est-à-dire à moins de soixante-cinq centimètres, mais s'accentue, au-delà d'un mètre, au fur et à mesure que le sujet s'éloigne de moi. À dix pas de distance, je ne discerne plus le moindre détail, plus la moindre forme, ce qui me prive de toute notion de « joli paysage », « vue splendide », « formidable panorama ». Je possède une vue pour jouer aux échecs, distinguer les pièces entre elles, différencier les noires (gris très foncé) des blanches (gris très clair, presque absent) et observer l'adversaire qui se trouve de l'autre côté de l'échiquier, afin de deviner quel est son état d'esprit, quel va être son prochain coup, etc.

Tout comme mes frères automates moins perfectionnés, je n'ai pas d'odorat, pas de toucher, pas de goût, même pas d'ouïe (je n'entends pas les mots, je les lis sur les lèvres, il m'a fallu huit années pour y arriver en allemand et, malgré neuf années passées à Moscou, je n'y arrive pas totalement en russe, notamment en raison du penchant des populations slaves pour l'abus d'alcool ; un Russe sobre ne le reste jamais longtemps et, tôt ou tard, ses mots empâtés par la vodka ou le vin me deviennent illisibles). Conséquence : autant je me sens bien exister quand je suis en tête à tête avec quelqu'un qui n'a pas bu ou très peu (comme dans cette voiture, en face d'Igor), autant je suis incapable de jouer un rôle convenable dans un dîner mondain. J'ai été conçu pour jouer aux échecs ; pour tout dire, j'ai été conçu pour gagner aux échecs, il y a une subtile différence, et celle-ci fait de moi ce que je suis : le plus perfectionné des automates jamais créés.

Alors que j'écris couramment l'allemand et le russe, et ce qu'il faut de français et de latin pour survivre dans un monde qui finira par appartenir peu ou prou à Napoléon Bonaparte, je ne parle aucune de ces langues ; par contre, je peux utiliser un cylindre d'allemand ou de russe pour « jouer » quelques mots ou expressions, tel un piano mécanique jouant les notes et mélodies que lui dicte son carton perforé. Sur chacun des deux cylindres linguistiques en ma possession sont enregistrées toutes les expressions relatives à la pratique professionnelle des échecs : « Gambit » (qui vient de l'italien *gambetto*, croc-en-jambe), « roque », « échec », « échec et mat », « pat » (qui vient du latin *pactum*), « le roi est mort » (version perse de l'échec et mat), « je suis au regret de devoir abandonner cette partie », « une autre partie ? », « à vous de jouer », ainsi que quelques expressions utiles dans la vie de tous les jours : « bonjour », « merci », « au revoir », « bonne nuit », « cher monsieur », « chère madame »,

« chère mademoiselle », « jeune homme », « il fait un temps superbe aujourd'hui », etc. Sans oublier une expression, qui m'est nécessaire, à moi et à moi seul : « Auriez-vous l'obligeance de me remonter ? ».

Ma poitrine contient deux emplacements où je peux nicher des cylindres, ainsi qu'un cylindre mémoriel assujetti à mon châssis et que je ne peux enlever, même en utilisant des outils courants. Les capacités de stockage de mon cylindre mémoriel sont telles que je suis obligé de choisir drastiquement les choses que je veux pouvoir consulter sur l'instant. Par exemple, j'ai gardé une vision (claire et nette) du visage de mon père, Viktor Hauser, une autre (claire et nette) de son fils Kaspar alors que celui-ci était âgé de trois ans, une autre (claire et nette) de mon ancien propriétaire, Alexandre Ier, et une autre encore (relativement sombre mais nette) de George Stephenson, un ingénieur britannique qui, début 1820, a fait le voyage depuis le centre de l'Angleterre jusqu'à Nuremberg puis Moscou pour rencontrer mon père, sans résultat, et sa création la plus célèbre : l'automate joueur d'échecs de la cour du tsar. Dans cette même mémoire restreinte, je garde aussi, pour une raison que j'ignore tant ce fragment de mémoire est flou, une vue printanière des berges de la Volga (il y a longtemps que j'aurais dû l'effacer, mais je remets toujours cette décision à plus tard). À la racine du cylindre, je mets régulièrement à jour mes cases « objectif à long terme » et « objectif à court terme », ce qui m'oblige à me trouver un but rémanent et, plus fréquemment, cela va de soi, un but immédiat.

Je m'étends sur le sujet pour les seuls yeux d'Igor Derevko. Deux cartons.

Objectif à long terme : retourner à Nuremberg pour retrouver mon père, Viktor Hauser, et lui demander quelques améliorations (si possible) : extension de ma mémoire, remplacement des roulements à billes et vérins de mes membres inférieurs, création d'un cylindre de dialogue français, amélioration de mes capacités visuelles, augmentation de la charge utile de mes mains, amélioration de ma capacité à comprendre une langue étrangère en lisant sur les lèvres.

Objectif à court terme : expliquer à mon compagnon de route actuel quelles sont mes capacités physiques et mentales ainsi que leurs limites.

Ma mémoire est si étranglée par le manque de place que je prends toujours le temps de tout noter par écrit, absolument tout ce qui me semble important. Parfois, je note les réactions dont je suis l'auteur et qui me foudroient d'étonnement ; je ne peux ni rire ni pleurer, mais il m'est arrivé de sentir que l'une ou l'autre de ces capacités physiques me manquaient cruellement. J'ai déjà rempli (ces neuf dernières années) quatre cahiers de cent vingt-huit pages.

Outre mon cylindre mémoriel inamovible, j'ai trois autres cylindres en ma possession : un cylindre d'échecs, un cylindre de dialogue russe (soixante-quatre mots ou expressions) et enfin un cylindre de dialogue allemand (cent vingt-huit mots ou expressions). Selon les circonstances du moment, je choisis les cylindres que je confie à ma poitrine.

Pour ce qui est de mon autonomie, je dois être remonté toutes les vingt-six à vingt-sept heures, cette autonomie peut descendre à treize heures si je dois me livrer à seize parties d'échecs simultanées, comme cela m'est déjà arrivé (les parties d'échecs simultanées sont spectaculaires mais, comme il faut se déplacer sans cesse d'une table à l'autre, elles sont épuisantes). J'apprécie tout particulièrement (et mon ressort de même) d'être mis au repos plusieurs jours consécutifs. Cependant, cette mise au repos ne doit pas excéder quatre semaines, car j'ai besoin de faire huiler et graisser régulièrement les parties mobiles qui me composent : engrenages, articulations et autres minuscules vérins. Si j'attends trop, la rouille m'attaque.

J'explique aussi à Igor, carton après carton, tout en écrivant ceci sur mon cahier malgré les cahots de notre voyage (je suis un ambidextre parfait), que je deviens maussade si mes boiseries en acajou ne sont pas cirées à la perfection, notamment mon visage et mes mains. Il m'est déjà arrivé d'être attaqué par des parasites, ce souvenir (mes boiseries pleines de trous minuscules et, à l'intérieur, le mouvement de larves claires) est si horrible que je ne peux l'effacer de ma mémoire (j'ai essayé à plusieurs reprises, sans jamais y parvenir car je n'arrive pas à le localiser précisément, un peu comme s'il avait infecté tous mes autres souvenirs et se trouvait en eux sous forme de pièces détachées capables de s'assembler instantanément).

Igor me pose de nombreuses questions, certaines stupides, d'autres auxquelles je ne puis répondre. Notre conversation (lui parle, bien en face de moi, moi j'écris sur des cartons qui, après lecture, finissent à nos pieds) continue longtemps et, pour la deuxième fois depuis le début de notre association, je lui demande de me remonter.

4

D'où me vient cette certitude brûlante que Dieu existe, si ce n'est de Dieu lui-même, qui m'a choisi comme main sur cette terre et a fait de moi son nouvel archange ?

Le Créateur est source de toutes choses, y compris du Père.

Le Père est à mes yeux ce que Joseph était aux yeux de Jésus au moment de sa crucifixion.

Le Père ne va pas bien, il veut que je tue mon frère aîné en m'emparant de son corps. Il dit que Kaspar a un esprit de meurtrier et qu'il faut tuer le meurtrier afin que ses meurtres à venir soient utiles plutôt qu'inutiles. Je me souviens de Kaspar comme d'un enfant à la peau trop claire, aux yeux trop gris, aux cheveux châtains, presque blonds ; rien en son apparence n'évoquait un quelconque penchant pour la violence. Mais je me souviens aussi de sa fausse innocence, perverse, qui à coup sûr est la marque du Malin.

Si je lui promets de tuer l'aîné, le Père brisera le verre de la grande bouteille qui m'emprisonne. Avec ou sans mon aide, il tient absolument à remettre la main sur l'enfant sauvage. Kaspar a fugué il y a plus d'un an. Il avait douze ans, en a treize maintenant. J'imagine… non… en fait, je sais qu'il ne pouvait plus supporter le spectacle de son père alcoolique se prenant pour Dieu, Moïse et Noé, pas moins, même si parfois le Père caresse la vérité et parle de Faust, du vrai Faust, le docteur Johann Georg Faust, mis à mort à Breisgau en 1540.

« Il faut tuer Napoléon, tu comprends ça, mon fils ? Le tuer en le privant de toute dignité… Le tuer devant sa cour avec la plus idiote des armes… »

Le Père boit et délire, injurie quiconque voudrait pénétrer dans son laboratoire (je pense à cet inventeur anglais qui a longtemps tambouriné sur la lourde porte cadenassée, pesté contre elle ; ce devait être en 1819, ou plutôt en 1820, car le Père venait d'être radié de l'ordre des médecins ; à l'époque, je m'intéressais bien moins aux dates qu'aujourd'hui).

L'or que le Père fabrique avec une trop grande facilité l'a rendu fou ; il ne pense plus qu'à tuer, tuer l'un ou tuer l'autre, quand ce n'est pas l'humanité et son effrayante vastitude.

Tuer.

Je n'ai pas encore vécu et déjà il voudrait que je tue.

« Je vais voler un corps, voilà ce que je vais faire, voler un réceptacle pour l'esprit de mon troisième fils ; je l'ai déjà fait, je peux recommencer. Quel genre de corps veux-tu, mon fils ? »

Bonne question.

Adam ou Ève ?

« Garçon ou fille ? »

Dieu a dit : Tu ne tueras point.

Dieu a dit : Tu ne voleras point.

Voilà deux mensonges relatés dans la Bible.

Dieu n'a rien dit de tout cela.

Voilà la réalité.

Seuls Dieu et ses archanges ont le droit de tuer.

Seuls le Malin et ses séides jouissent de la mort qu'ils infligent.

Encore un soupçon de réalité salvatrice, une pincée de ténèbres, histoire d'achever la potion qui donne au Monde sa forme actuelle et mouvante.

Mon Père a beau citer la Bible sans relâche (expression perverse de sa culpabilité, péché d'orgueil ?), il n'a rien à voir avec Dieu (il s'est contenté de catalyser ma création, paternité passive, dénuée de signification profonde car fausse, en quelque sorte). C'est un fou, un nouveau Faust, un agent du Diable qui se prend pour quelqu'un d'autre, Moïse la plupart du temps. Cela dit, j'ai bien peur (en fait, je suis sûr) que la Bible et les textes qu'elle contient, des centaines de contes difformes, n'aient rien à voir avec Dieu.

Ce qui fait l'intérêt de la Bible, c'est la qualité de ses métaphores, c'est-à-dire la portée de ses mensonges, et le pieux le sait depuis longtemps, Dieu est vérité, le Malin est le père de tous les mensonges, une source si perverse qu'elle a même poussé le vice à consigner ce fait dans un de ses livres, la Bible.

Dieu a écrit le Monde ; le Mal a écrit la Bible et les autres livres du même genre, Coran, Talmud, Kabbale, Ramayana. Il y en a tant et aucun qui dise la vérité…

Reste à répondre au Père : Garçon ou fille ? Adam ou Ève ?

Kaspar ou quelqu'un d'autre…

Une belle femme, peut-être…

Un jeune homme ?

Non.

Si j'évoque ici et là la beauté physique, c'est parce que je veux en jouir et jouir de tout ce qu'elle propose. C'est le Malin qui me tente…

Un corps solide suffira à mon contentement.

Et si le Père avait raison et tort en même temps, et s'il me fallait détruire Melchior et tuer Kaspar, non pour contrer Napoléon, un nain restera un nain, un tyran ne laisse de lui que l'image de ses tyrannies, mais parce que les créations de Viktor Hauser offensent celle de Dieu.

Dieu a écrit le Monde.

Il n'a pas de bouche, mais peut crier à travers moi.

D'où me vient cette certitude brûlante que Dieu existe, si ce n'est de Dieu lui-même ?

Il y a quelques jours de cela, j'ai eu une vision, limpide et brûlante comme le fer porté au rouge qu'on plonge dans l'œil du supplicié. C'était plus qu'une vision, une révélation… Viktor est le pouce opposable du Diable, un des outils du Malin ; son esprit est pareil à des tenailles de torture ; il fouille les tissus les plus profonds du Monde. Je crois au Malin et au Divin, peut-être pas en tant que consciences distinctes, homme de lumière habitant le ciel et démon cornu dont on baise le cul, mais en tant que forces inconscientes qui, embrassées sans se mélanger, pressurent le Monde et veillent à son subtil déséquilibre qui n'est, en fait, qu'un équilibre par défaut, une marche en avant sus aux abominations que sont, par exemple, mes deux frères aînés.

Je suis un archange, le dernier en date d'une liste qui existe mais n'a jamais été écrite, et tel un archange je vole, et ne vis que pour servir Dieu, détruire les cités qu'obombrent les mirages du Malin.

Donnez-moi une épée de flammes et je nettoierai le Monde.

Encore une métaphore, la plus belle de toutes, car vraie et signifiante…

5

CINQUIÈME JOURNAL DE MELCHIOR HAUSER
(*Collection privée de Léopold Sédar Senghor*)

Après deux longs mois de voyage, odyssée compliquée jusqu'à l'insupportable par les nombreux barrages et péages, plus ou moins officiels, mis en place par les troupes bonapartistes, nous voici arrivés à Nuremberg, à l'Hôtel des Voyageurs du quai des Tanneurs, où nous avons essayé d'arriver le plus discrètement possible ; tâche impossible, j'en suis convaincu, car le retour de l'automate joueur d'échecs dans sa ville natale ne pouvait passer inaperçu.

La nuit est tombée depuis quelques heures, Igor dort profondément ; demain, nous irons à l'atelier de mon père, mais auparavant je dois remettre la main sur son adresse (que je n'ai pas mémorisée, mais qui est peut-être consignée dans mes journaux).

Durant ces deux mois de voyage, à ma demande, Igor ne m'a remonté que sept fois. La plus grande partie du temps, je suis resté au repos, incapable de bouger, incapable de penser, étranger à toute forme de rêve ou de cauchemar, comme n'importe quel autre automate. Mort, en quelque sorte.

En période d'éveil, impuissant à profiter des paysages sauvages ou de la beauté de certaines des cités traversées — Vitebsk, Minsk, Brest, Varsovie, Lódz, Wroclaw, Prague —, je me suis surtout intéressé à mon compagnon de voyage, n'arrivant pas à comprendre pourquoi il continuait de m'accompagner alors que, loin de sa Russie natale, il lui aurait été si facile d'oublier de me remonter, de me voler mon or et de m'enfermer dans sa grande malle de cuir le temps de me vendre au premier amateur de curiosités venu. Tiraillé par cette interrogation, j'ai fini par la coucher sur un carton que je lui ai fait passer. Puis je l'ai observé quand il a lu la question et l'a relue avec davantage d'attention.

« Vous cherchez à retrouver votre père, m'a-t-il dit, vous faites un voyage vers vos origines. En votre compagnie, je fais le voyage inverse, je cherche à savoir si Iekaterina se trouve quelque part, dans l'au-delà, ou si elle est morte, juste morte, disparue comme on dit. J'aimerais savoir si l'esprit est si lié à la chair qu'il a besoin de celle-ci pour exister, ou si, au contraire, il y a un paradis… ou un enfer autre que celui dans lequel nous nous déplaçons actuellement. Pendant trente ans, j'ai été un jouisseur qui ne se posait aucune question. Maintenant je vis dans l'interrogation permanente, le doute, et je ne jouis plus, ni du vin, ni des femmes, ni des spectacles triviaux qui me faisaient tant rire quand j'avais vingt ans. J'ai toujours négligé mon épouse. Alors je suppose que je lui dois quelque chose. Des excuses. Vous êtes un esprit qui vit sans chair, peut-être votre père peut-il m'expliquer ce prodige et… »

Long silence. Comprenant qu'il avait fini ses explications, qu'il ne m'en dirait pas plus, à moins que je ne relance sa confession, je me suis permis de lui écrire une seconde question.

Croyez-vous en Dieu ?

Gêné, il m'a répondu que la Russie avait toujours pris grand soin à produire d'improbables hordes d'athées, individus plus barbares que civilisés, détrousseurs de bourses et trousseurs de jupons.

« Est assis devant vous un de ces barbares. Je ne crois pas en Dieu, ce qui a ses bons côtés, car je ne crois pas au Diable. Je ne vois le mal que là où il prend source, dans l'homme, et nulle part ailleurs. »

Des mots à méditer.

Midi.

Malgré la visite que nous venons d'avoir, Igor dort encore. Je me rends compte à quel point notre voyage l'a épuisé.

Il y a une heure environ, on a frappé à la porte. Évidemment, je n'ai pas entendu ce son répété. Alors que je lisais mes journaux, à la recherche de l'adresse de l'atelier de mon créateur, une femme de chambre est entrée et a manqué s'évanouir quand, ayant aperçu sa silhouette floue dans un des miroirs de la chambre, je me suis tourné vers elle. Visiblement terrifiée, elle a bondi en avant et m'a confié une lettre urgente, non sans préciser qu'elle avait longtemps frappé avant d'entrer. Je l'ai remerciée en allemand et lui ai donné une minuscule pièce d'or française sur laquelle elle a refermé des doigts déformés et rongés par le travail, les savons et les encaustiques. Puis, sans prendre le temps de me remercier, elle s'est enfuie au petit trot et, juste avant de fermer la porte derrière elle, a exécuté un ostensible signe de croix. Si j'avais pu lire sur ses lèvres, je suis sûr que j'aurais pu y déchiffrer une prière. Ma première réaction a été de me considérer comme la source de sa bien étrange attitude, puis, en lisant la lettre, couchée au verso d'une enveloppe cachetée à la cire noire, écrite en caractères cursifs minuscules, précis et d'une étonnante élégance, j'ai découvert que l'origine de son effroi était plus probablement mon père.

Le pli m'a été adressé par un certain Solomon Goldfaden, dont je n'ai gardé aucune trace dans mon cylindre mémoriel. Toutefois, il est possible que cet homme figure dans mon premier journal (celui où je parle de ma dernière année à Nuremberg, année de réglages et d'apprentissage des échecs). Je reproduis ci-après l'intégralité du courrier.

« Nuremberg, 19 novembre 1824.

Cher Melchior Hauser, automate joueur d'échecs de la cour du tsar de toutes les Russies, vous l'avez sans doute appris, votre créateur, Viktor Hauser, est mort il y a quelques jours à peine (quelle étrange coïncidence que vous reveniez maintenant). L'enquête de police, menée avec la plus grande diligence et une minutie que je suppose illusoire, a permis de déterminer que le docteur Hauser avait chargé deux voyous de la pire espèce, nous n'en manquons pas à Nuremberg, de lui ramener un cadavre frais, le plus frais possible. Trop paresseux pour creuser la terre, pourtant fraîchement remuée par un enterrement l'après-midi même, les deux hors-la-loi ont préféré tuer une boulangère de seize ans nuitamment sortie de chez elle pour tenter de retrouver son chat égaré. Arrêtés par une patrouille bonapartiste alors qu'ils transportaient le corps encore chaud de leur victime sur une brouette à bras, les deux assassins ont accusé votre père, et ont eu à choisir entre être passés par les armes sur-le-champ ou enrôlés pour dix ans dans les troupes coloniales. Le temps que les papiers d'incorporation soient prêts, visés et signés par qui de droit, la nouvelle de la mort de la petite boulangère et celle de la complicité de Viktor Hauser avaient déjà fait le tour de Nuremberg. Comme votre créateur avait été radié de l'ordre des médecins fin 1819 à cause d'une affaire similaire, la colère de la population ainsi que sa réaction ont été immédiates. Alors que les soldats étaient en chemin, les parents de la jeune victime, quelques-unes de leurs connaissances et un flot de badauds avides de sang se sont rendus à l'atelier de Viktor Hauser, ont forcé sa porte et l'ont battu à mort, avant de piller et d'incendier son laboratoire qui était de toute façon quasiment à l'abandon depuis sa radiation. On raconte aussi qu'ils ont dérobé une grande quantité d'or trouvée sur place, mais je ne puis vous assurer que cela soit vrai.

La dépouille mortelle de votre créateur a été confiée à la fosse commune dite de la "plaine aux corbeaux", à la sortie est de la ville, et recouverte de chaux vive, car c'est ainsi que les Français se débarrassent des corps des gens auxquels ils refusent sépulture chrétienne ou juive. Ses biens et titres ont été saisis, et je doute fort qu'on vous les rende.

Je suis banquier, usurier comme tout bon juif, et votre père, si je puis l'appeler ainsi, avait, au temps de notre amitié, pris un coffre chez moi. Venez me voir quand il vous plaira, j'habite la bien nommée rue des Juifs.

Votre obligé,

Solomon Goldfaden, banquier israélite, usurier et prêteur sur gages inscrit depuis 1813 au registre de la chambre de commerce de Nuremberg. »

Une heure de l'après-midi.

Igor vient de se réveiller et se décrasse au milieu d'un pandémonium d'éclaboussures et de bulles de savon. Maintenant, après observation de l'avancée des travaux, je puis écrire qu'il se rase comme d'autres massacrent une population civile.

Une relecture attentive de mon premier journal vient de me permettre de comprendre en partie quelle était la place de Solomon Goldfaden dans la vie de mon père, du moins en 1814. J'ai noté à l'époque que tous deux avaient pris l'habitude de se réunir le samedi, shabbat, pour évoquer la Bible, le Talmud, la Kabbale et d'autres livres plus obscurs, comme les écrits du kabbaliste Sabbatai Zevi ou les mémoires de Saturnin Melzéquiès, un alchimiste français du XVIIe siècle. Le banquier juif n'est cité que trois fois dans mon premier journal, je peux, au mieux, en déduire qu'il s'agissait du meilleur ami de mon père. Au pire je serai bientôt fixé, à moins que l'homme ne s'avère menteur de haut vol.

Je viens d'informer Igor du contenu de la lettre (il ne lit pas l'allemand), lui précisant que nous passerons dans l'après-midi voir le banquier. Il m'a demandé si je voulais me rendre à l'atelier ou voir les fosses communes ; je l'ai informé que non, car je ne tiens pas à attirer l'attention sur moi plus que nécessaire. En vérité, c'est la honte qui motive ma décision : Viktor Hauser est mort sans gloire, ses hauts faits ont été oubliés, oblitérés par ses erreurs, voilà pourquoi je ne souhaite pas traîner dans les ruines de son atelier ou me recueillir sur la fosse commune dans laquelle n'a pas encore fini de fondre sa carcasse.

21 novembre 1824.

Contrairement à mes habitudes, j'ai noté en haut d'une belle page, sautant pour cela une page vierge, la date de ce jour, car celui-ci est à marquer d'une pierre blanche.

Le coffre de mon père contenait une boîte plate équipée d'une serrure à molettes protégée par une ampoule d'acide. Ce liquide, l'équivalent d'un verre à vin, devait détruire le contenu de la boîte au cas où celle-ci serait forcée. N'ayant ni l'un ni l'autre le code à six chiffres de ce « coffre dans le coffre », Solomon Goldfaden et moi-même avons décidé de faire appel au maître serrurier de la chambre de commerce de Nuremberg. Celui-ci a percé le sommet de la serrure avec une chignole à métaux, puis le verre de l'ampoule avec un minuscule outil de bijoutier muni d'une pointe en diamant. Ensuite, à l'aide d'une seringue de chirurgien, il a retiré l'acide, avant d'introduire de force des bandelettes de coton dit « hydrophile » pour sécher l'ampoule. Enfin, un coup de burin bien placé a terminé le travail.

La boîte contenait des notes amassées entre 1815 (date de mon départ de Nuremberg) et la radiation de mon père de l'ordre des médecins, soit le 27 décembre 1819. Ces documents sont pour la plupart des notes d'ingénieur accompagnées de croquis cotés. Il en existe toute une série que mon père a intitulée « Melchior II », elles me concernent directement et me seront utiles pour améliorer ma vision, ma capacité mémorielle et d'autres choses encore. D'autres papiers sont plus ésotériques, l'un d'eux s'appelle « Le chiffre de Dieu », le voici reproduit ci-après dans son intégralité ; en d'autres temps, il aurait valu le bûcher à mon père, ce qui l'aurait sauvé de la vindicte populaire, mais uniquement pour mieux le livrer à la justice religieuse.

« Le chiffre de Dieu était déjà connu des Grecs quelques centaines d'années avant la naissance du Christ (Dieu n'appartient pas aux seuls chrétiens). La représentation en grec du chiffre de Dieu est celle qui rend le plus de justice à sa beauté, mais je me permettrai ici de simplifier cette représentation originelle avant de la transcrire en chiffres, dits arabes, afin de la rendre des plus intelligibles :

248163264128256512102420484096…

qu'il faut lire ainsi, sans mettre de 0 avant le début de la séquence, le néant n'existe nulle part dans l'œuvre de Dieu :

2 4 8 16 32 64 128 256 512 1024 2048 4096…

Ce nombre complexe (ou suite de nombres) est infini, et même une vie infinie (telle celle de Dieu) ne pourrait en venir à bout. Ainsi Dieu se trouve dans ce nombre, qui est la clé de Son royaume et Le définit en majeure partie, si ce n'est complètement (mais là, je vais sans doute trop loin). Un monde simplifié sur le modèle du chiffre de Dieu pourrait devenir un monde parfait (une utopie mathématique ; il me semble d'ailleurs tout à fait possible de réinterpréter, ou mieux poursuivre les travaux de Hobbes ou ceux du chancelier Thomas More en utilisant la Vérité qui découle du chiffre de Dieu).

Ce chiffre est aussi la preuve du caractère imparfait (ou corrompu) de l'Homme ; en effet, un homme a cinq doigts par main, c'est à l'évidence un doigt de trop ou trois doigts de moins (et si, privés du pouce, nous avions été privés du don de créer des outils et des armes et donc été obligés de vivre en totale communion avec la nature ? Et si la pomme offerte par le Serpent à Ève n'était pas le péché, mais le pouce ?).

Comprenant ce qu'implique le chiffre de Dieu, je tiens à me placer sur la voie de la rectification, sur la voie de la création d'un être parfait, doté de quatre doigts par main, d'un recto masculin et d'un verso féminin, ce qui lui permettrait d'avoir deux bouches, deux foies, les deux sexes, etc. L'homme abouti est un être qui est à la fois féminin et masculin, un pont entre Terre et Ciel. »

Après avoir trié les papiers du coffre, ne conservant que ceux qui avaient trait à l'ingénierie, laissant les autres, notamment les plus ésotériques, à Goldfaden, j'ai demandé à celui-ci s'il savait où se trouvait mon frère Kaspar. Kaspar fait partie des cinq souvenirs que je garde en permanence ; en quelque sorte, ma vie est liée à la sienne.

« Non, j'ai entendu dire qu'il avait fugué et ne serait plus dans la région de Nuremberg... »

J'ai laissé de l'or à Goldfaden pour Kaspar et lui ai demandé de me contacter au cas où l'adolescent réapparaîtrait.

« À quelle adresse ? »

Sa question, pourtant anodine, m'a obligé à changer d'objectif à long terme : je n'avais plus rien à faire à Nuremberg ; retourner à Moscou était exclu, tant que la ville était occupée par les bonapartistes ; la Sibérie ne me tentait guère ; ne restait plus qu'une possibilité : l'Angleterre.

Le soir même, j'ai proposé à Igor de continuer sans trop tarder notre voyage vers l'ouest, outre-Manche. Le cosaque s'est vaguement étonné de ma volonté de quitter Nuremberg trois jours seulement après notre arrivée, puis a convenu que l'Angleterre, qui ne fait pas (du moins pas encore) partie de l'Empire français, était une destination excitante.

« Mais pourquoi l'Angleterre ? »

Il y a un peu plus de quatre ans, j'ai rencontré un ingénieur britannique, George Stephenson, à la cour du tsar. Il avait fait tout le voyage depuis le centre de l'Angleterre pour m'étudier à fond. Cet homme, concurrent direct de John Blenkinsop, avait au préalable rejoint Nuremberg afin de rencontrer mon père, mais s'était heurté à une porte obstinément close. Je regrette que mon père ait refusé de rencontrer M. Stephenson, ils auraient pu faire tant de choses ensemble, des choses merveilleuses, car cet ingénieur anglais est célèbre dans le monde entier, à juste titre : sa locomotive à vapeur est la première à avoir dépassé les trente kilomètres par heure. Bientôt, il construira un engin capable d'aller plus vite qu'un cheval au galop. Ma rencontre avec George Stephenson fait partie des choses qui comptent le plus dans ma vie. L'homme est charmant, m'a plu d'emblée, et ses idées au sujet du rôle que le progrès a à jouer pour améliorer la vie quotidienne des ouvriers m'enthousiasment. Étant donné que je suis le seul héritier disponible des travaux de mon père, je crois qu'il est de mon devoir de les soustraire à une France guerrière pour en faire profiter un progressiste tel que George Stephenson. Et puis l'Angleterre a la réputation d'être un pays magnifique.

« Londres, a rêvassé à voix haute Igor, je crois que j'aimerais beaucoup voir Londres. »

L'Angleterre et la révolution technique qui y couve, le plus bel horizon au monde ! Oh, Igor, comme j'ai hâte d'y être.

6

Alors que les inconnus s'acharnaient sur mon père, volaient son or, l'un d'eux a brisé ma bouteille d'un coup de bâton. Par réflexe, sans peser le moins du monde les conséquences de mon acte, je me suis projeté dans son corps et l'en ai expulsé sans mal, le sentant presque aussitôt s'éparpiller autour de moi comme un gaz qui voudrait se rassembler et qui comprend que cette lutte, vouée à l'échec, est sa dernière.

Je suis tombé sur les fesses et la douleur est montée en moi comme… difficile à dire… des larmes me sont venues au coin des yeux et quelqu'un a ri. Ce rire, insupportable, m'a invité à me relever, ce qui m'a pris un certain temps. On m'a appelé « Kurt », insulté, « hé, l'idiot, ces pavés te plaisent tant que t'aimes y taper du cul ». Une jeune femme en guenilles m'a demandé si j'étais blessé. J'ai aperçu le Père, mort, à terre, la tête déformée par les coups, le visage couvert de sang, comme si on y avait vissé un masque rouge.

Et j'ai fui…

J'ai fui.

Sur des jambes qui commençaient à devenir miennes, rencontrant en chemin des soldats qui ont préféré hâter le pas plutôt que de me poursuivre.

7

CINQUIÈME JOURNAL DE MELCHIOR HAUSER
(*Collection privée de Léopold Sédar Senghor*)

Manchester.
1er janvier 1826.

Cela fait plus d'un an que je n'avais rien noté dans ce journal. Je dois préciser, avant tout, qu'en ce qui me concerne, l'année 1825 a été fort riche et que j'ai commencé un autre journal. Il est totalement dédié aux progrès scientifiques dont je suis le témoin ou la source et je l'imprime directement grâce à une machine à caractères mobiles de mon invention.

Igor et moi avons débarqué à Douvres fin 1824, l'hiver était glacial et, à court de liquidités, nous n'avons réussi qu'à louer un petit appartement moisi dans l'East End londonien, dans un quartier d'immeubles courtauds où se mêlent juifs, immigrants polonais, Russes et Prussiens, ayant pour la plupart fui vers l'ouest durant les guerres napoléoniennes. Pendant que mon compagnon russe se perdait à mes frais dans les bordels et pubs de la capitale britannique, je passais le plus clair de mon temps à déposer les brevets des inventions de mon père, en mon nom et au nom de Kaspar, mon frère aîné, mon frère de chair, dont je ne désespère pas qu'un jour il refera surface. Il a quatorze ans maintenant ; la dernière fois que je l'ai vu, il avait quatre ans et jouait avec un cheval de bois que mon père lui avait taillé dans un morceau d'acajou ; sans lever les yeux de son jouet, il m'a dit « au revoir, gars », puis « au revoir, cheval ». Comportement étrange, même chez un enfant de quatre ans.

Durant l'été 1824, l'imprimerie londonienne s'est emparée, moyennant finances, de certains de mes brevets, et, plus riches que nous n'en avions l'usage, Igor et moi avons déménagé pour rejoindre George Stephenson dans ses ateliers de Manchester. Au début de notre association, si incongrue, Igor me suivait parce que le tsar lui en avait donné l'ordre (du moins, c'est ainsi que j'interprète son comportement) ; maintenant, le tsar est loin, Iekaterina est morte depuis plus de deux ans et si Igor continue à me suivre, à veiller sur moi, c'est uniquement parce que je le paie, et très bien, d'ailleurs. Nos rapports se sont simplifiés et, l'afflux d'argent aidant, nous nous sommes éloignés. Ce que, d'une certaine façon, je regrette.

Fin 1825, George et moi avons créé, à parts égales, la Société privée d'Ingénierie Stephenson-Hauser qui a déjà plus de vingt-cinq brevets à son actif. Je citerai entre autres : l'imprimeuse à caractères mobiles ; le scaphandre à pompe (une modernisation du scaphandre inventé par Klingert en 1796) ; la gravure instantanée en niveaux de gris qui est une sorte de dessin sans relief qui se développe dans une chambre noire en une demi-heure environ, sur un papier spécial, grâce à des fixateurs chimiques spécifiques ; le totalisateur à vapeur (ou à ressort) qui modernise de façon considérable ce qu'on appelle le « métier de Jacquard », c'est-à-dire la première machine (non musicale) à utiliser des cartes ou guides perforés... La liste est longue.

Pour ce qui est de ma propre mécanique, 1825 fut aussi une année de grands chamboulements. Avec l'aide de George, j'ai mis au point un nouveau matériau pour créer mes cylindres mémoriels, linguistiques et autres. Il s'agit d'un charbon raffiné, chauffé et compressé si fort qu'il devient dense comme de la pierre de taille, facile à graver (au diamant) et quasi inaltérable. Je me suis ainsi fabriqué deux nouveaux cylindres, un cylindre mémoriel mille vingt-quatre fois plus puissant que le précédent (j'y ai archivé la totalité de mes journaux, afin d'avoir enfin une véritable mémoire) et un cylindre linguistique anglais qui, fort de ses quatre mille quatre-vingt-seize mots et expressions, me permet de converser, de façon mécanique certes, mais je n'ai plus besoin désormais de ma plume et de mes cartons pour m'exprimer. J'ai aussi grandi, j'ai pris neuf centimètres de jambes, neuf centimètres de torse, et deux centimètres de cou ; ce qui m'a contraint à rallonger mes bras de cinq centimètres, afin de conserver une allure vaguement humaine. J'ai dû aussi augmenter légèrement le diamètre de ma boîte crânienne afin de pouvoir loger mon nouveau système de vision à focale variable qui me permet maintenant d'apprécier les paysages et l'architecture, même si je continue à voir en « niveaux de gris ». Je pense qu'il me faudra encore quinze à vingt ans pour posséder une vision proche de la vision humaine, c'est-à-dire en couleurs. D'ailleurs, je suis fasciné par cette histoire de couleurs et ce qu'elle sous-entend...

Durant la période d'essais et de réglages de mes nouveaux yeux, j'ai appris deux choses :

a) Quand un homme voit, disons une feuille verte, la feuille est de toutes les couleurs sauf le vert. Ce que l'homme voit c'est la couleur (ou la combinaison de couleurs) qui manque… L'univers visuel humain est un univers de soustractions.

b) La vision des machines, c'est-à-dire leur perception interne, est appelée « *Deception* ».

Vision. *Deception*. Soustractions.

Intrigant. Comme si, dès le départ, il y avait un mensonge dans l'acte de percevoir. Nul ne voit le Monde tel qu'il est, les êtres vivants pas davantage que les machines.

Mais revenons à mes boulons… En un an à peine, ma taille est passée de quatre-vingt-dix-sept centimètres à cent dix-sept centimètres. La différence est fondamentale, car les gens me regardent avec toujours autant de curiosité, mais bien plus de respect (ce qui est peut-être dû à mes costumes hors de prix, taillés comme il se doit par les meilleurs artisans de Saville Row, à Londres).

Actuellement, je réfléchis à un système de manivelle ombilicale qui me permettrait de me remonter tout seul (cette maudite clé placée dans mon dos ne me facilite vraiment pas le quotidien), mais je me heurte à un problème des plus concrets (auquel mon père s'était heurté bien avant moi) : comment fournir la quantité d'énergie nécessaire à mon fonctionnement sans en perdre une partie ? Comment, en fait, ne pas voir mon autonomie décliner sans cesse, prise dans le cercle vicieux de la déperdition d'énergie ? J'aurai, je le crains, manivelle ombilicale ou pas, toujours besoin d'un tiers pour me remonter à un moment ou un autre.

Durant les fêtes de Noël, j'ai pris une grande décision : étant donné le contexte politique actuel, j'ai renoncé à la possibilité d'avoir des enfants, automates comme moi et bien plus performants que je ne le suis.

La mise au point d'une manivelle ombilicale parfaite (me permettant de me remonter sans perdre d'énergie) et le fait d'avoir des enfants m'auraient permis de prouver à la Royal Society que je ne suis pas une machine, car selon Emmanuel Kant : « L'impossibilité de prendre soin de soi et l'impossibilité de se reproduire sont les critères d'identification de la machine. »

Que de bouleversements et d'événements en un an à peine.

1825 fut une année décisive, pour moi mais aussi pour l'Europe, et si je reprends aujourd'hui mon journal, c'est bien sûr à cause de l'« Accalmie française ». Napoléon Ier, que l'on dit victime d'un empoisonnement chronique, a rendu ses territoires à la Russie et à la Pologne avant de signer un accord de partenariat, notamment scientifique, avec la Couronne britannique. Il continue néanmoins d'occuper l'Allemagne, l'Autriche, l'Espagne et l'Italie, et ne fait plus la guerre que dans ses colonies d'Afrique et d'Annam. Ce bouleversement politique m'a contraint à prendre la décision la plus dure de toute mon existence. En effet, je vais mettre un terme à ma carrière scientifique, j'ai trop peur que mes inventions mécaniques ne soient transformées en armes par des esprits plus humains que le mien. George m'a récemment fait remarquer que les marteaux de mon imprimeuse à caractères mobiles pouvaient facilement être transformés en percuteurs à haute vitesse pour fusil multi-fûts ; par conséquent, il appuie ma démarche et a décidé quant à lui de se consacrer exclusivement aux locomotives à vapeur et, c'est la grande nouveauté de la fin 1825, aux motrices à moteur électrique.

J'ai fait part à Igor de mes états d'âme et lui ai demandé ce qu'il en pensait. Il n'avait pas d'avis sur la question et m'a répondu en me confiant un fascicule imprimé sur du mauvais papier où il est surtout question de « chasseurs de fantômes », de « dialogues avec les défunts » et de « détectives de l'étrange ». Puis il a ajouté : « Elle me manque, Melchior. »

Confronté à sa trogne pensive, je suis resté sans commentaire, incapable de lui parler comme on parle à un ami. J'ai juste pu déduire de cette malhabile conversation que la fréquentation des putains apaise le corps, mais pas l'esprit, et que la célèbre mélancolie slave n'est pas un mythe.

3 janvier 1826.

Je suis troublé. J'ai assisté hier avec Igor à une séance de « dialogues avec des défunts ». Le spectacle, donné dans le quartier bourgeois de Manchester, animé par une bohémienne qui n'a jamais dû mettre les pieds en Europe centrale et dont la famille, probablement, cultive la pomme de terre du côté de Cork, était truqué, mais a provoqué une telle ferveur, de tels espoirs dans l'assistance, qu'une fois de plus (il n'y a pas de hasard dans mon existence) je vois là sujet auquel m'intéresser.

Igor a convenu avec moi que cette séance payante relevait de l'escroquerie, mais reste persuadé que certaines personnes, bohémiennes ou pas, ont le pouvoir de dialoguer avec les défunts. Nous irons bientôt à Londres pour acheter des livres sur le sujet et assister à d'autres « rencontres avec des fantômes » et à des spectacles de « fakirs » ; ces hommes venus des colonies d'Extrême-Orient qui accomplissent, paraît-il, des miracles.

17 février 1826.

Après deux semaines passées à Londres (« visites de librairies ésotériques », « dialogues avec les morts », « spectacles de fakirs », « démonstrations d'arts martiaux shaolin »), me voilà de retour à Manchester.

Hier, George m'a présenté deux ingénieurs français qui sont venus évaluer notre avancée scientifique et nous proposer de participer à la grande aventure ferroviaire Dakar/Saint-Louis/Nouakchott. Les Français ont terminé à grands frais la liaison Dakar/Saint-Louis, mais le pont sur le fleuve Sénégal reste pour le moment en plan, du fait d'une insurrection locale qui sera « bientôt matée ».

Nos visiteurs m'ont observé comme s'ils avaient affaire à un animal étrange, vaguement repoussant, mais, Dieu merci, prisonnier d'une cage.

« Nos amis français ont posé des rails de fonte, m'a appris George.

— On a récemment décidé d'abandonner la fonte au profit de l'acier, ai-je annoncé.

— Vous savez fabriquer de façon industrielle un acier de bonne qualité ? s'est étonné un des ingénieurs français.

— Oui. En fait, l'acier a été découvert par les Hittites dès l'Antiquité. Ils l'ignoraient, mais il y avait de la poussière de charbon dans leur minerai de fer, ainsi fondaient-ils un fer très résistant ; proche de l'acier tel que nous le fondons ici, à Manchester. Avec George, nous avons beaucoup travaillé sur le charbon, nous savons le transformer en support d'informations, nous savons l'incorporer, après transformation, au fer et ainsi fondre un acier de qualité optimale, du moins selon les critères contemporains. Nous pourrons bientôt créer des diamants, c'est une question de chaleur et de pression, donc de temps. George et moi avons même dessiné, pour le plaisir, les plans d'une presse à diamants… »

Un des ingénieurs, celui qui avait une fine moustache ridicule et des boutons de fièvre au coin des lèvres, a ri à gorge déployée.

« Notre acier est quasi inoxydable, ai-je continué sur ma lancée, malgré la moquerie. Votre fonte mécanique va casser, va mal supporter la chaleur africaine et les autres contraintes climatiques locales ; de toute façon, dans quelques années, même si elle vous semble toujours des plus solides, vous serez obligés de la remplacer par de l'acier, car les trains ne cessent d'aller de plus en plus vite et de tracter des convois de plus en plus lourds. Notre Rocket II, à vide, va à quarante-trois kilomètres par heure, votre locomotive Seguin avance à cinq kilomètres par heure quand sa chaudière tubulaire n'explose pas. Dans dix, quinze ans, nous passerons au moteur électrique.

— Vous délirez ! Vous n'êtes qu'un automate endimanché qui répète bêtement ce qu'on lui a appris ! Si vous croyez que cette mise en scène nous impressionne ! » s'est emporté le plus âgé des deux ingénieurs.

Ce trait ne m'a blessé en rien, comment l'aurait-il pu ? Pourtant, George s'est empressé de prendre ma défense :

« Mon associé, Melchior Hauser, est passé devant la haute commission d'enquête de la Royal Society et a été non seulement reconnu comme personne à part entière, mais aussi comme sujet britannique d'honneur. Étant donné son apport scientifique, plus que significatif, à la Couronne britannique, sa naturalisation et son anoblissement sont à l'étude. Je vous trouve bien indélicat de l'insulter ici, dans notre atelier, alors que c'est vous, messieurs les Français, qui avez besoin de notre aide et non l'inverse.

— Melchior Hauser était un sujet de l'empereur Napoléon Bonaparte avant sa fuite en Grande-Bretagne, l'Empire français pourrait tout à fait ordonner son retour à Nuremberg. »

George a alors allumé sa pipe et a aiguisé son regard le plus meurtrier.

« Notre entretien est terminé, messieurs. »

16 avril 1826.

Nous n'avons jamais revu les ingénieurs français qui m'ont insulté, mais d'autres sont venus, nettement plus mielleux. Comme les premiers, ils voulaient notre aide, mais, contrairement à leurs prédécesseurs, ils étaient accompagnés par le Premier ministre britannique. Ce qui m'a impressionné. Bien plus que George, je dois l'admettre.

Devant le roi d'Angleterre, le Premier ministre, quelques éminents sujets de la Couronne et des centaines de journalistes venus du monde entier, la Rocket III Stephenson-Hauser a dépassé, le week-end dernier, la vitesse de cinquante kilomètres par heure. Elle est équipée d'un moteur à vapeur alimenté avec ce que nous appelons, George et moi, du « charbon lourd », de la poussière de charbon, raffinée et moulée en palets par l'action d'une énorme presse à ressorts. Les rails étaient en acier Stephenson-Hauser. Maintenant, le monde entier envie notre locomotive, notre combustible, notre chaudière et nos rails : les Américains, qui rêvent d'une ligne New York/San Francisco, les Russes qui aimeraient exploiter davantage les richesses de la Sibérie et, bien sûr, les Français qui n'en finissent pas de piller l'Afrique occidentale.

Si mon père est quelque part dans cet au-delà auquel la plupart des gens croient, il me semble alors que sa fierté m'est acquise. Comment aurais-je pu mieux utiliser ses découvertes ? C'est impossible ; aucun sang ne souille mes mains ou ma cervelle mécanique.

Depuis que j'ai parlé d'Afrique à Igor, il n'a de cesse de me pousser à accepter l'offre des Français afin de travailler sur cette fameuse voie Dakar/Saint-Louis/Nouakchott. Il a lu de nombreux récits de voyage et en a déduit que l'Afrique était un « continent magique », qu'on y côtoyait des fantômes bien plus souvent qu'en Europe, qu'il y avait là-bas de grands magiciens en constante communication avec la Nature et le Royaume des Esprits. Si elle était encore parmi nous, je me demande ce que Iekaterina Derevkova penserait de cette obsession. Impossible à dire, car je ne dialogue pas avec les morts. Quelle déception, j'aimerais tant parler à mon père, je l'ai si peu connu. J'aimerais aussi qu'Igor puisse parler à Iekaterina, lui demander pardon, car c'est la seule chose dont il a vraiment besoin. Un pardon inaccessible. Igor me rappelle ces assassins désireux de redonner vie à leur victime, qui comprennent trop tard l'horreur de leur acte.

L'Afrique, continent magique et mal connu, il y a de quoi être attiré. Que ce soit pour améliorer une voie de chemin de fer, savoir si j'ai oui ou non une âme, discuter avec mon père ou voir le fantôme d'Iekaterina pardonner Igor. C'est en Afrique que l'œuvre des progressistes tels que George Stephenson va acquérir toute sa valeur. Cette motivation, seule, devrait suffire à précipiter mon départ, pourtant j'hésite, et cette hésitation m'éloigne de ce qu'Emmanuel Kant appelle une machine.

4 août 1826.

Le train Dakar/Saint-Louis a déraillé à la fin du printemps, il y a eu quelques morts, ce qui ne laisse pas de me surprendre étant donné la vitesse à laquelle roulent les locomotives Seguin. Plus que jamais, l'administration française supplie la Société privée d'Ingénierie Stephenson-Hauser de les aider à poser les bases d'un réseau ferroviaire moderne qui non seulement desservirait les principaux ports de la côte Atlantique, mais s'enfoncerait aussi dans les terres jusqu'à leur comptoir de Bamako. Cette région du monde est riche, notamment en minerais métallifères. Sans parler de l'ébène et de l'ivoire dont l'Europe raffole.

J'en ai longuement parlé avec George ; Igor et moi partirons à l'automne. Je m'occuperai des affaires de George là-bas, signerai les contrats, puis, une fois la machine de la coopération franco-britannique bien lancée sur ses rails d'acier, je partirai explorer l'Afrique avec Igor, à la recherche des secrets de la magie, de la vie après la mort, tout comme j'ai cherché ces dernières années à percer les secrets de l'acier et du charbon.

Ai-je une âme ? L'avais-je quand j'ai été conçu ? Ou a-t-elle commencé à se développer dès lors que mes capacités mémorielles ont été multipliées ? Jamais, je ne pourrai répondre à ces questions.

8

Six années durant, j'ai vu l'œuvre de Dieu qui, toujours, supplante les œuvres les plus inspirées de l'homme, même celles censées Lui rendre hommage : temples, églises, basiliques, cathédrales, monastères et autres couvents. Parti de Nuremberg, j'ai enjambé la coiffe blanche des Alpes, j'ai vu les volcans de Sicile et du sud de l'Italie, les reliefs rouges du sud de la France, les déserts d'Espagne, les plages de Vendée et l'extrême nord de l'Irlande avec ses falaises étranges qui ressemblent à l'échiquier d'un géant. J'ai vu les hautes terres d'Écosse, landes de bruyères déchirées par les mille miroirs des lacs, où la pierre grise comme la cendre semble à jamais en guerre contre la verdure de l'herbe, j'ai vu ses cerfs rouges, ses îles comme éparpillées par le vent sur l'œil bleu du Monde, j'ai vu ses aigles si hauts dans un ciel d'albâtre. Poudré de neige fondante, j'ai survolé les fjords de Scandinavie, leurs troupeaux de ren-

nes alanguis sur les plages. J'ai plongé vers les longues plaines de glace du Grand Nord, si blanches qu'on les croirait d'une pureté de diamant et d'un noir d'encre quand vient la nuit qui, là-bas, dure la moitié d'une année. J'ai longé la banquise, si près des flots que je n'avais pour ciel que les glaces bleues du monde et pour horizon une simple ligne de froid glacial. J'ai plané au-dessus des grandes forêts de Sibérie, observant en silence leurs tigres, loups et ours, tous apeurés par mon invisible présence. J'ai vu les montagnes qui longent toutes les Amériques, celle du Nord, comme celle du Sud. Au nord, j'ai virevolté dans l'air chaud de la grande cicatrice rouge au fond de laquelle se tortillent l'azur et l'écume d'un long serpent furieux ; toujours au nord, j'ai fait siffler des gorges étroites taillées dans le sang de la terre devenu sable. Au sud, les hautes montagnes couvertes de neige m'ont donné le vertige et les grandes forêts chaudes aux arbres géants et aux parfums si lourds, où la vie grouille jusqu'à l'écœurement, ont bien failli me dévorer. J'ai vu l'Australie, sa faune si étrange que l'on se croirait tout d'un coup propulsé sur une autre planète, comme un personnage de Cyrano de Bergerac. J'ai vu les îles du Paradis, ses crabes géants et ses palmiers. J'ai caressé l'Himalaya, me suis enfoncé dans les étouffantes forêts d'Asie équatoriale, avant de m'amuser à frôler à grande vitesse les milliers de rochers couverts de jungle qui jaillissent de la mer, là où le royaume des princesses de Hué laisse place au sud de la Chine. J'ai vu l'Afrique, Olduvai, le pic Uhuru, l'Amboseli, le Ngorongoro, le Sahara... J'ai vu le monde comme aucun homme ne pourra jamais le voir, car l'homme n'a pas d'ailes et n'en aura jamais, car les machines qu'il créera pour voler finiront de le dénaturer...

Six années durant, j'ai nettoyé l'œuvre de Dieu, éliminant ceux qui, trop difformes ou trop malades, n'apportent rien au monde et participent de surcroît à son épuisement. Je tue vite et sans douleur, j'entre dans un corps et en expulse l'esprit qui s'y trouve. Aussitôt, l'âme débusquée se désagrège et il ne me reste plus qu'à abandonner mon hôte, victime de ce que les médecins appellent une crise cardiaque. Si je n'abandonne pas le corps, je deviens l'esprit qui fait fonctionner son cœur, ses poumons et le reste de ses organes. Je peux alors me servir de mon hôte charnel aussi longtemps que j'en éprouve l'envie. J'ai vécu dans de nombreux corps d'hommes et de femmes, pêchant, chassant, aimant physiquement, guerroyant...

J'ai vu le Monde, l'œuvre de Dieu, où partout se révèle l'absolue élégance de Son écriture, et aujourd'hui, j'en suis sûr, Bible, Talmud et autres Coran, temples, églises et autres mausolées sont l'œuvre du Malin, un tissu de mensonges, une grêle d'architectures viciées... fantasmes néfastes d'une humanité sous influence, refusant encore et encore de regarder la Vérité droit dans les yeux.

Je pourrais voyager jusqu'à la fin des temps, me baigner dans le Grand Œuvre jusqu'à la disparition des dernières étoiles, mais je me suis confié une mission : je vais tuer Kaspar, et après je détruirai Melchior, qui ne sont pas insultes à l'œuvre de Dieu, mais bel et bien des créations du Mensonge, des marionnettes du Malin. Quand tout cela sera fait, je jaillirai jusqu'à l'espace, en direction de ce point précis autour duquel tournent les étoiles visibles : Dieu.

9

CINQUIÈME JOURNAL DE MELCHIOR HAUSER
(*Collection privée de Léopold Sédar Senghor*)

Saint-Louis.
30 novembre 1826.

Nous voilà en Afrique !

Durant les quatre semaines qu'a duré notre voyage entre La Rochelle et Saint-Louis (la prochaine fois, nous augmenterons nos tarifs et affréterons un vapeur), j'ai lu tous les documents et témoignages que j'ai pu rassembler au sujet de la Colonie littorale du Sénégal, de sa capitale ainsi que de l'Afrique occidentale. Cela m'a permis de noter quelques citations intéressantes, telle celle-ci, qui n'a eu de cesse de m'interpeller : « L'île de Saint-Louis est un amas de sable qui ne produit rien de bon. Il n'y vient ni arbres, ni plantes, ni légumes d'aucune espèce. Ce lieu, quoique brûlant et d'un climat malsain, est regardé dans toute l'Afrique comme un lieu de délices. Ses habitants l'aiment avec fureur, n'imaginant pas d'autre bonheur que d'y vivre, quoiqu'il soit bien rare de n'y point mourir jeune. » Une citation à mettre au crédit du duc de Lauzun, premier gouverneur du Sénégal, nommé en 1779 par le roi de France.

Lire tous ces récits de voyage, tous ces mémoires de négociants, administrateurs, ou même esclavagistes, m'a aussi permis d'en apprendre un peu sur l'histoire locale, même si le savoir livresque ne remplacera jamais le vertige du vécu.

L'île de Ndar, qui ne s'appelait pas encore Saint-Louis, est entrée dans l'histoire européenne en 1659, quand Louis Caullier, agent de la compagnie du Cap-Vert et du Sénégal, obtint du brack, du roi local en d'autres termes, l'autorisation d'y construire une « habitation » qui n'était autre qu'un fort. Quelques années plus tard, le même brack céda Ndar aux Français contre une rente annuelle de « trois pièces de guinées, un tiers d'aulne de drap écarlate, sept barres de fer longues, dix pintes d'eau-de-vie ». Depuis cette époque, l'île a été occupée à trois reprises par les troupes anglaises, la dernière fois entre juillet 1809 et la fin 1817.

J'avais tout ça en tête, quand, aidés par la marée, nous avons passé la barre du Sénégal et avons aperçu le modeste village de pêcheurs sis à l'extrême nord de la Langue de Barbarie. Jamais jusqu'à aujourd'hui je n'avais vécu telle émotion, bien que je doute de pouvoir m'approprier ce mot de manière idoine. Émotion, sentiment, quels vocables magnifiques, humains et si peu adaptés à un automate. Je vais donc m'en tenir aux faits et confesser ici que je n'ai pas quitté le pont de *L'Atrabilaire*, drôle de nom pour un bateau de commerce, de toute la matinée, entre le moment où j'ai distingué les premières paillotes en bordure d'océan et celui où notre embarcation a apponté à Saint-Louis, non sans avoir au préalable remonté sur deux ou trois kilomètres ce que les Saint-Louisiens appellent le Grand Bras.

Coincée entre la Langue de Barbarie à l'ouest, une longue bande de sable parsemée de paillotes où paissent chèvres et chameaux, et le continent africain à l'est, Saint-Louis est une île rectangulaire longue de deux kilomètres et demi et large de trois cent cinquante mètres en son point le plus fort. Un site comme il en existe peu au monde.

Depuis le pont du bateau, juché sur une caisse pour bien profiter de notre arrivée, je n'ai eu de cesse d'observer la cité : son fort français vieux de presque deux cents ans, détruit et reconstruit à plusieurs reprises, son quartier commerçant et colonial, tout en bâtisses carrées, peintes, me l'a-t-on appris, en rouge, orange ou jaune, et, tout autour des constructions en briques chaulées ou en pisé, une forêt impressionnante de frêles paillotes, de huttes construites avec des branchages, des planches et des palmes, véritable jungle morte, grouillante de population pauvre et de bétail étique.

Toute la délégation Stephenson-Hauser se trouvait à mes côtés : nos cinq ingénieurs, une comptable, Mlle Jingiss, et Igor, que j'avais nommé, avant notre départ, responsable de la sécurité des biens et des personnes. Je leur jetais un coup d'œil entre deux longues observations de Saint-Louis, et il n'en est pas un qui était moins fasciné que les autres, certains ayant même la bouche grande ouverte.

Alors que *L'Atrabilaire* manœuvrait, prenait le vent de face, voilure réduite aux deux tiers, prête à être ferlée, et que des matelots lançaient les bouts vers le ponton, j'ai observé mes premiers Africains : ouvriers occupés à la charge ou la décharge des bateaux, esclaves des deux sexes enchaînés ou « sabotés », c'est-à-dire ayant un des pieds pris dans un lourd sabot plombé, mulâtres en costumes chargés de les escorter ou de les vendre, femmes pauvres proposant des fruits, du poisson ou du poulet grillé, enfants aux sourires faciles se jetant dans les eaux souillées du port pour récupérer les petites pièces que certains Blancs, cruels, s'amusent à dépenser de la sorte.

Ce n'était pas la première fois que j'observais une foule, mais celle-ci, résolument inédite à mes yeux, me statufiait, si on puit dire. Il y avait des Européens, évidemment, parmi toute cette presse d'hommes noirs ou métis, mais si peu : quelques négociants de l'Empire français, quelques esclavagistes, sans doute portugais, aux vêtements clairs et légers. Et, bien sûr, quelques soldats bonapartistes, armés d'un fusil et d'une baïonnette portée à la hanche.

Le bateau venait de finir sa course contre le ponton et ses balles de caoutchouc, la voilure venait d'en être carguée et ferlée, l'ancre libérée, quand j'ai aperçu au-delà des avancées sur pilotis trois femmes, debout sur des caisses, chacune espacée de l'autre d'un bon mètre ; trois Noires, visiblement effrayées, qu'un mulâtre a déshabillées tour à tour, offrant ainsi au regard de tous, et notamment à celui des acheteurs potentiels, leurs seins lourds et leur triangle de toison, sombre et dru. J'allais demander à Igor ce qu'il pensait de tout cela quand Mlle Jingiss a perdu connaissance, sans doute vaincue par la chaleur africaine que mes compagnons disent accablante et que, personnellement, je ne perçois en rien.

Alors que nous nous apprêtions à rassembler nos affaires légères afin de quitter *L'Atrabilaire* (la soute du bateau est remplie par les malles et les caisses qui contiennent le matériel nécessaire à la construction de la plus formidable des locomotives, la Rocket IIIB), un mulâtre convenablement vêtu est monté à bord, suivi par une foule de ses semblables, femmes et enfants principalement, portant chacun un bol ou une coupelle remplie d'un liquide blanc grumeleux que je savais être, grâce à mes lectures, du lait caillé.

L'homme est venu à ma rencontre, toujours suivi de près par les siens, puis s'est présenté, dans un français étrange, difficile à déchiffrer, sans doute à cause de la générosité de ses lèvres et la rondeur de son accent :

« Bonjour, maître ingénieur Hauser, je suis Disaré Malivoire, envoyé à votre rencontre par le maire de Saint-Louis, Hubert Duchesne. Monsieur le Maire m'a demandé de vous conduire à la maison que nous vous proposons à la rente et de vous faire visiter notre belle île. Mais, avant tout, vous devez rendre hommage à Mame Coumba Bang, protecteur de Saint-Louis.

— Bien entendu, monsieur », ai-je répondu de ma voix mécanique ; j'avais lu dans plusieurs mémoires des anecdotes sur ce génie des eaux, ce Mame Coumba Bang que les Saint-Louisiens aperçoivent parfois incarné en vieille femme (un savoir livresque, un de plus, qui m'a permis de comprendre sur l'instant ce que l'on attendait de moi).

J'ai observé attentivement ce Disaré Malivoire pour déchiffrer sur ses traits ce qu'il ressentait en ma présence, mais je dois confesser ici mon échec ou, plutôt, sa grande capacité à laisser dans l'invisible ses émotions.

« Voilà du lait caillé, pour le grand génie du fleuve, m'a-t-il annoncé, offrez-le-lui, comme le veut la tradition, et Mame Coumba Bang vous protégera tant que vous serez dans la cité, ou à ses portes. »

Disaré a fait un étrange signe de la main, comme s'il saisissait un fantôme et lui tordait le cou, puis il m'a confié son bol de lait caillé que j'ai pris sans hésiter. Tous mes compagnons, le reste des passagers et même les membres de l'équipage se sont alors retrouvés avec un bol ou une pleine coupelle dans les mains et, quand la distribution s'est achevée, nous avons versé à bâbord notre laitage dans le fleuve Sénégal, faisant sans doute le bonheur de sa faune à écailles et branchies.

Escortés par la foule de mulâtres que menait Disaré, nous avons rejoint les deux voitures mises à notre disposition par la mairie, non sans mal pour ce qui est de mes compagnons, car quatre semaines de mer ruinent la démarche d'un homme ou d'une femme aussi sûrement qu'un grand abus d'alcool. Sitôt embarqués dans les deux voitures tirées par des ânes, mes compagnons de voyage n'ont eu de cesse de se plaindre de la terre qui bougeait sous leurs pieds, de leurs céphalées, de la chaleur accablante, des odeurs épouvantables de la ville et de celle, non moins épouvantable, des indigènes qui y travaillent ou y mendient. Comme je ne souffre ni de ceci ni de cela, j'ai cessé de lire sur leurs lèvres, préférant profiter de notre promenade en voiture pour m'intéresser aux rues et aux ruelles de Saint-Louis, apercevant là un Maure égorgeant un mouton dans le caniveau, au pied même de la petite échoppe en bois dans laquelle l'animal sera débité et mis à la vente, ici des femmes opulentes faisant les cent pas devant leur bordel, ou penchées au balcon de fer forgé dudit établissement marqué d'une lanterne rouge.

J'ai vu en une heure de temps tant de choses que je pourrais en remplir un livre.

Disaré nous a conduits jusqu'à une grande maison carrée, sise au nord de l'île, face à la Langue de Barbarie, une bâtisse fastueuse dotée d'un beau jardin d'intérieur. Alors que mes compagnons quittaient les voitures en vacillant, trébuchaient sur des obstacles invisibles, notre guide m'a précisé que cette maison coloniale, en brique et pisé, dix-sept chambres, pas moins, avait été récemment construite par un négociant bordelais qui, plus récemment encore, avait perdu tout souffle entre les jambes d'une indigène dont on murmurait qu'elle faisait deux fois son poids et produisait des cris d'amour moins subtils que le barrissement de l'éléphant. L'anecdote, une fois traduite en russe, a plu énormément à Igor, il en a beaucoup ri et semble trouver les femmes de ce pays à son goût (cela dit, il trouvait aussi les Anglaises des plus désirables, et je suis sûr qu'il se pâmerait ou ferait le paon si on le confrontait à un quarteron de putains annamites). D'ailleurs, histoire de confirmer semblable supposition, il a, peu après la nuit tombée (elle tombe tôt par ici), engagé un jeune mulâtre pour le guider dans les méandres étroits de Saint-Louis, où niche notamment, non loin du port, le quartier des prostituées qui est aussi, la géographie se pare parfois d'un brin d'ironie, le quartier de la gouvernance.

L'Afrique ne ressemble à aucun des pays que j'ai visités ou habités. Il y a une folie dans l'air, une espèce de mélange d'esprit festif et de danger imminent, perceptible en permanence. Je sais déjà que Saint-Louis est une ville exceptionnelle, et j'attends avec impatience de me trouver au pied de Guy Seddëlle, le baobab vieux de plusieurs siècles qui se dresse à l'entrée de la ville et que chaque jeune Saint-Louisien récemment circoncis se doit de poignarder car « *ragal dou diam guy* », un poltron ne poignarde pas un baobab. La renommée de la ville doit beaucoup à cet arbre magique, mais aussi à ses fêtes au sujet desquelles les Français et les Portugais ont beaucoup écrit : le jeu du faux lion, les régates de Guet-Ndar, le *tadjabone*, ce carnaval nocturne, cette nuit de toutes les permissions, où les filles dansent, un long pénis de bois attaché à la ceinture, où certains hommes se déguisent en femme gravide.

Comme nous ne commencerons nos affaires avec les Français que dans quelques jours, le temps de vider les malles, engager du personnel, louer un grand atelier pour y installer notre petite fonderie, nos moules et nos planches à dessin, demain j'irai voir Guy Seddëlle et, après avoir fait des cadeaux aux anciens qui le veillent, je demanderai la permission de planter la pointe d'un couteau dans sa vénérable écorce pleine de cicatrices. Car je n'ai pas peur ; je n'ai jamais eu peur de toute ma vie, ni de perdre aux échecs ni d'être définitivement endommagé.

Disaré Malivoire nous a conseillé d'installer notre atelier dans le village de Sor, sur la rive orientale du fleuve Sénégal, là même où la ligne de chemin de fer Dakar/Saint-Louis se termine en butée. D'après ce que j'ai entendu dire durant notre long voyage en bateau, les Français comptent construire une fonderie dans la région de Dakar afin d'y produire de l'acier, ce qui leur coûtera beaucoup moins cher que de le faire venir d'Europe.

Installer notre atelier, fabriquer une Rocket IIIB plus belle que la Rocket IIIA qui reliera bientôt Manchester à Londres, fondre un acier de bonne qualité, il nous reste tout à faire, dans un pays qui, en ce qui me concerne, semble chargé de magie et de dangers. Je me sens excité au plus haut point et regrette de ne pouvoir profiter de la nourriture locale, des femmes indigènes — pourquoi pas, puisque personne n'a l'air de s'en priver —, des lourds parfums et des puanteurs africaines. Igor s'est beaucoup plaint aujourd'hui de la chaleur, des insectes et des remugles de notre nouveau logis, mais il oublie qu'il peut profiter de tant de choses qui me seront à jamais inaccessibles. Il oublie qu'il peut boire du vin de palme, fumer les drogues locales, manger du mouton grillé assaisonné de thym, du poisson cuit à l'étouffée avec des oignons, des épices et des quartiers de citron vert. Il oublie qu'il vit, qu'il dormira bientôt entre les seins d'une énorme putain, noire comme un morceau de charbon, alors que je ne vis pas, pas totalement, pas vraiment, ne disposant que d'un sens unique, la vue, quand les humains en ont cinq et les fakirs, moines shaolin et autres sorciers africains, six ou plus.

Ce soir, au cœur d'une moiteur que je ne perçois pas, environné des bruits d'une nuit africaine que je n'entends pas, je pense à l'arbre Guy Seddëlle, je l'imagine majestueux, doté d'un tronc immense comme une fortification Vauban, griffé de milliers de coups de couteaux, cicatrices, anciennes et récentes, qui l'ont rendu peut-être plus humain que moi.

5 décembre 1826.

Hier soir, nous avons dîné avec les autorités françaises, gouvernance (blanche et issue de la noblesse française) et mairie (une famille mulâtre ayant fait fortune dans la traite et le commerce de la gomme arabique). Afin de pouvoir participer aux débats, j'avais installé dans ma poitrine mon cylindre de langue française, le même que celui que j'ai utilisé le jour de mon arrivée à Saint-Louis. Il est malheureusement moins performant que mon cylindre d'anglais, mais il m'a suffi pour la soirée.

Étaient présents toute la délégation de la Société privée d'Ingénierie Stephenson-Hauser (à l'exception d'un des ingénieurs, Hotchkiss, victime de la fièvre), le gouverneur de la Colonie littorale du Sénégal et son épouse, le maire et son épouse, quelques ingénieurs français et leurs épouses, deux officiers chargés de protéger l'actuelle voie ferrée, visiblement célibataires ou fort éloignés de leur épouse, un gros armateur de nationalité belge, des négociants bordelais et un représentant de la Banque de France. Deux tables avaient été dressées, séparées de trois bons pas, la gouvernance, les soldats et les ingénieurs d'un côté ; la mairie, la banque et les négociants de l'autre. Une forme de hiérarchie en quelque sorte. La noblesse française ne se mêle à l'argent ou au sang noir que quand elle en a besoin, ce dont j'ai déduit qu'en ce moment la gouvernance de Marin d'Apchet requiert surtout soldats et ingénieurs. Peut-être juge-t-on à Paris et Ajaccio sa colonie insuffisamment prospère.

Ma mémoire est précise. Si je m'assieds bien en face de mon interlocuteur et que celui-ci me laisse en permanence observer le mouvement de ses lèvres, je peux transcrire sur mon cylindre mémoriel l'intégralité de notre conversation sans faire la moindre erreur. Voici quelques extraits de mes échanges avec Marin d'Apchet, gouverneur de la Colonie littorale du Sénégal.

« Que pensez-vous de nos nègres, monsieur Hauser ?

— Rien pour le moment, mais je suppose que, comme pour ce qui est des Français, on compte dans leurs rangs des fainéants et des travailleurs, de bons pères de famille et des arsouilles de la pire espèce, des hommes fidèles et d'autres moins.

— Ils puent.

— Je n'ai aucun odorat. Posez plutôt votre question à Igor Derevko, il n'est pas une putain de cette ville qui ignore son prénom et sa vigueur.

— Les femmes de ce pays ne posent guère de problèmes, douces comme l'agnelle le jour et brûlantes de désir quand vient la nuit. Mais les hommes... croyez-moi, ce sont des barbares cruels et sanguinaires qui ont moins d'hygiène qu'une charogne.

— C'est peu ou prou ce que les Espagnols pensent de l'occupant français, encore aujourd'hui.

— Je ne suis pas sûr d'apprécier votre sens de l'humour.

— Le contraire serait étonnant, je n'en ai aucun, c'est comme pour l'odorat. »

Un peu plus tard dans la soirée…

« Parlez-moi de cette insurrection, monsieur le gouverneur.

— Nous subissons depuis quelques années les attaques d'un chef de guerre qui prétend être l'héritier royal du Sénégal, le nouveau brack, comme on dit par ici. Il se dit descendant en droite lignée de Yérim Mbagnick Aram Bakar.

— A-t-il un nom ?

— Il se fait appeler Toussaint Dialo et c'est d'ailleurs sous ce nom qu'il a servi comme simple soldat dans l'armée de l'Empereur lors de la seconde campagne de Russie. Il s'y est battu avec rage et aurait rapidement accédé à un grade honorable, n'était la couleur de sa peau.

— Ainsi s'agit-il d'un homme qui s'est battu pour l'Empire, contre son gré sans doute, et qui, pour tout arranger, n'a pas été récompensé pour son courage exemplaire ?

— On peut dire ça… Les Saint-Louisiens le surnomment “le lion du désert”, ce qui est un sobriquet très puissant, surtout pour les Wolofs et les Toucouleurs. On dit qu'il dort dans un baobab, un arbre qui s'ouvre pour lui à chaque lever de soleil et se referme sur lui quand la lune est haute. Toujours les mêmes racontars nègres. Depuis le sabotage du printemps qui nous a malheureusement coûté la locomotive Seguin que nous venions juste de recevoir de France, nous n'entendons plus parler de lui. Au mieux, il est mort. Au pire, ses forces sont si épuisées qu'il ne peut plus attaquer. Les capitaines Costes et Fescennin, présents à cette table, ne vont plus tarder à nous ramener sa dépouille mortelle, j'en suis sûr.

— Il semblerait, d'après ce que j'ai lu, que cette insurrection soit organisée. Les rebelles utiliseraient des fusils, des explosifs, recevraient un certain soutien des populations locales…

— Pas des Saint-Louisiens ! Le problème, ce sont les Maures qui vivent au sud du Sahara. Depuis que les Portugais et les Bordelais dominent la traite, du moins celle qui fait prospérer Saint-Louis, s'aidant pour cela des populations mulâtres qui se sont grandement enrichies ces dernières années, les Maures se sentent floués, trahis. Avant, c'était eux qui fournissaient aux négociants européens les plus beaux esclaves de ce continent. Les Maures sont un peuple très fier, courageux. Les fusils qu'ont utilisés les insurgés leur ont été fournis par les Maures, nous en sommes convaincus. Nous nous méfions de ces nomades. Ils sont civilisés, même si la plupart d'entre eux vivent dans les tentes et rarement deux années de suite au même endroit. Ils ont le désert et la guerre dans le sang. Nous sommes tous convaincus à cette table qu'ils se cachent derrière les actes de Toussaint Dialo. Il est arrivé, ces dernières années, que leur armée campe sur la rive septentrionale du fleuve, des centaines de chameaux, d'hommes armés, au visage voilé… Une menace réelle. Mais ils ont peur des canons installés sur le parapet de Sor, et des deux vaisseaux puissamment armés qui ont jeté l'ancre sur le Grand Bras, plus de quatre-vingts canons pointés vers le nord… Cette insurrection, même appuyée par les Maures, appartient au passé. Les capitaines Costes et Fescennin en sont convaincus ; leurs rapports sont circonstanciés. Maintenant, mon principal souci, c'est le train ; il doit aller de Dakar à Saint-Louis et de Saint-Louis à Nouakchott.

— Et qu'en pense le maire ?

— Sans doute espère-t-il que ce singe de Dialo viendra ici même un soir me trancher la gorge. Ce qui n'arrivera pas.

— Vous semblez ne pas vous entendre avec votre maire.

— Soyons clairs : il n'est pas mon maire et je suis son gouverneur. Hubert Duchesne est là pour tenir la population locale, et, tout mulâtre qu'il est, c'est une tâche qu'il accomplit sans faille. Évidemment, j'aurais préféré un maire blanc, issue de la noblesse bordelaise ou nantaise, mais l'Empereur ne partage pas mes vues à ce sujet. En fait, je dois reconnaître que la Révolution nous a appris une chose essentielle : le peuple doit, sans cesse, se nourrir de l'illusion qu'il gouverne son destin. Et ici, le peuple, ce sont les mulâtres et les nègres. Sans la controverse de Valladolid, nous serions encore à les considérer comme des animaux sans âme, pour notre plus grand bénéfice, cela va sans dire. »

Juste avant que nous quittions le palais du gouverneur…

« Où sera installée la fonderie, cher gouverneur ?

— Tout près de Dakar, là où le minerai de fer et le bois arrivent par bateau. C'est aussi là que nous avons installé notre usine à charbon de bois, et c'est enfin là que stationne notre plus grosse garnison, car la maladie fait là-bas moins de victimes qu'à Saint-Louis.

— Vous n'utilisez pas d'éléphants pour débarder le bois ?

— Les éléphants de ce continent sont à l'image des nègres de ce pays : forts, résistants mais inaptes au travail. Je sais que les Anglais obtiennent de très bons résultats en Asie avec les éléphants de cette région-là, mais ici rien de cela n'est possible, la notion même de cornac n'existe pas. »

8 mars 1827.

Durant ces trois derniers mois, je me suis principalement occupé de la construction de la locomotive Rocket IIIB que nous avons vendue aux Français. Conformément à mes vœux, je n'ai à aucun moment œuvré pour améliorer le modèle, alors que de nombreuses idées me venaient à l'esprit. J'en ai noté la plupart dans un carnet qu'Hotchkiss se fera un plaisir de remettre à George, dès cet été. En effet, Hotchkiss quitte le Sénégal par le prochain bateau à destination de La Rochelle ; il ne supporte pas le climat local. Je m'en voudrais beaucoup qu'il meure loin de sa chère maman.

La construction de la fonderie de Dakar a bien avancé, si j'en crois les propos que m'a tenus le gouverneur lors de notre dernière rencontre, il y a deux jours. Marin D'Apchet, qu'Igor aurait croisé selon ses dires dans le plus luxueux des bordels de Saint-Louis, pense pouvoir inaugurer l'usine en mai. Nous l'accompagnerons alors à Dakar, dans notre Rocket IIIB, puisque celle-ci sera achevée d'ici là, tout comme le petit bateau à vapeur que Gilmour et Wright construisent pour leur plaisir, avec mon consentement et mon aide financière. Ces deux-là sont incroyables, ils s'arrêtent de travailler tous les jours à quatre heures trente de l'après-midi pour prendre le thé, parler d'ingénierie et de pêche au thon. Leur pause cesse à cinq heures précises, et aussitôt ils se remettent au travail, parfois jusqu'à minuit. Le samedi et le dimanche, ils travaillent sur leur bateau et font la même pause à quatre heures trente ; on murmure (Mlle Jingiss, surtout) qu'ils forment un couple ; puisqu'ils travaillent bien, je ne vois pas en quoi cela pourrait me concerner, même si je sais la loi britannique fort sévère à ce sujet.

Sans doute lassé par la moiteur des maisons closes de Saint-Louis, qu'il a plus que fréquentées, Igor a commencé à explorer les alentours de la ville ; en février, il nous a quittés plus de trois semaines pour visiter, en compagnie d'explorateurs français, les villages de la région du lac Ferlo. Il cherche toujours la magie, la vie après la mort, et m'assure avoir vu des spectacles étonnants, comme celui d'un village cuisinant son chef mort la veille, ou celui de magiciens fumant les os de leurs morts après les avoir réduits en poudre. Pour le moment, les sujets ésotériques ne m'intéressent plus, je suis trop préoccupé par la construction de la Rocket IIIB. Nous ne pouvons nous permettre de perdre du temps, car nous avons prévu nos premiers essais pour la mi-avril.

17 mai 1827.

Nous partons demain pour Dakar ; l'inauguration de la fonderie aura lieu la semaine prochaine, en présence du ministre de l'Empereur en charge des colonies d'Afrique et du Maghreb. L'équipe se coupe en deux, Gilmour et Wright prennent le petit bateau à vapeur qu'ils ont achevé fin mars, sans doute en profiteront-ils pour aller pêcher le thon ; nous prenons la Rocket dont les essais sont concluants, à l'exception d'une fuite d'eau sur le réservoir principal sans grande conséquence, mais qui va quand même nécessiter de gros travaux avant d'être vaincue une fois pour toutes. Même s'ils passent quelques heures à pêcher, Gilmour et Wright devraient arriver avant nous à Dakar, car sur des rails de fonte la Rocket IIIB ne peut pas dépasser la vitesse désespérante de douze kilomètres par heure. Autant dire que notre voyage en train, plus de deux cents kilomètres de rails noirs comme le charbon, va être long, très long.

J'ai appris hier que Toussaint Dialo ne serait pas mort, contrairement à ce qu'espérait Marin d'Apchet. Il a fait parler de lui dans la région de Dara, cent cinquante kilomètres au sud-est de Saint-Louis. Là-bas, il aurait intercepté une caravane d'ivoire, aurait affranchi tous les esclaves et n'aurait laissé aucun Blanc vivant. En conséquence, nous allons rallier Dakar en tirant, derrière la voiture officielle, deux wagons bâchés remplis de soldats et d'officiers français armés jusqu'aux dents.

Igor sera du voyage et sa présence me fait plaisir. Ce matin, il m'a avoué que rien de ce qu'il avait vu au cours de sa vie ne lui permettait de penser qu'il y ait une vie après la mort, puis il a ajouté qu'il pensait retourner en Russie, s'y remarier et avoir des enfants.

10

Kaspar est mort.

Je l'ai poignardé le 14 décembre 1833.

Sous la neige, dans le Jardin de la Cour.

Il n'est pas mort sur le coup.

Son agonie a duré trois jours.

Ses derniers mots, que je n'ai pas entendus mais qui ont été rapportés par tous les titres de la presse bonapartiste, parfois en première page, ont été : « Fatigué, vraiment fatigué, je dois encore faire un grand voyage ! »

Étrange destin que celui de mon frère aîné, et je me dois de replonger dans le cours de son existence afin de pouvoir en faire le récit à Melchior, le jour où je le retrouverai. Pourquoi ? Parce que Kaspar était mon frère, l'Abel d'un Caïn qui n'était pas jaloux mais en mission pour Dieu (j'aime bien utiliser les mots du Malin) ; parce que personne n'en sait plus que moi à son sujet, même si je n'en sais guère plus que les journaux ayant tant parlé de son énigme sans pouvoir la résoudre. Personne ne peut résoudre totalement le mystère Kaspar Hauser, je sais des choses que les autres — *ceux qui ont côtoyé Kaspar durant les cinq années de sa disparition — ne sauront jamais ; et eux savent des choses que je ne découvrirai jamais.*

Kaspar naît le 27 décembre 1811 (il a été souvent dit qu'il était né le 30 avril 1812, mais c'est faux). Alors qu'il vient tout juste d'être mis au monde et, dans la foulée, abandonné par ses parents ou plus probablement par sa seule mère, le Père le trouve à l'agonie dans la réserve de son atelier, dans laquelle règne un froid terrible. Non sans supposer que celle ou ceux qui ont laissé l'enfant là savent le propriétaire des lieux docteur en médecine, le Père essaie de réchauffer le bébé. Celui-ci, sans doute affublé d'une mauvaise constitution, s'éteint vers sept heures du soir. Quelques minutes plus tard, le Père tente de le ramener à la vie en utilisant une anguille : l'animal furieux saisi avec des gants isolants, ruisselant d'eau et de mucus, mord Kaspar au talon et lui fait subir un fort choc électrique. Kaspar respire. Le Père tranche la tête de l'anguille avant que celle-ci n'arrache le talon de l'enfant. Kaspar hurle, éclaboussé de sang animal, naissant pour la deuxième fois. À l'époque, le Père élève de pleins aquariums d'anguilles dans son atelier afin de pouvoir faire des expériences mêlant électricité et cadavres d'animaux. Cette passion le quittera momentanément quelques années plus tard quand, lassé de la médecine, trop limitée à ses yeux car incapable de faire accéder l'élite humaine à la vie éternelle, il s'intéressera davantage à l'ingénierie et en particulier à l'art des automates. Un art qui lui ouvrira les portes d'un autre art, celui, noir, de l'alchimie.

La première année, 1812, le Père nourrit Kaspar avec le lait qu'il achète aux femmes qui ont vu le froid ôter la vie de leur bébé. Entre le jour de sa résurrection et le printemps 1823, Kaspar reste terré dans le laboratoire du Père, au cœur du quartier des commerçants et usuriers de Nuremberg. D'ailleurs, je tiens pour évidence que son existence n'a aucun rapport avec le billet trouvé le 23 octobre 1816 dans une bouteille dérivant sur le Rhin, un appel au secours, écrit en latin :

« À quiconque trouvera ce billet :

Je suis détenu dans une prison, près de Lauffenbourg, sur le Rhin. Ma prison est souterraine, et ce lieu est inconnu de celui qui lit maintenant cette feuille. Je n'en peux écrire davantage, parce que je suis surveillé avec soin et cruauté.

S. HANÈS SPRANCIO. »

S. HANÈS SPRANCIO étant l'anagramme de Sein Sohn Caspar, *son fils Caspar, l'existence de cet appel au secours a alimenté et alimente encore nombre d'hypothèses au sujet des origines de Kaspar (on le dit fils de la grande noblesse prussienne, par exemple) ; c'est pour le moins stupide, en 1816 Kaspar avait cinq ans et était tout simplement incapable d'écrire un tel billet, surtout en latin.*

Au cours du printemps 1823, Kaspar s'échappe de l'atelier alors que le Père, victime de son alcoolisme, cauchemarde, la barbe pleine de vomi, et que j'étudie un passage de la Bible à travers le verre de ma grande bouteille. En fait, même si j'avais vu Kaspar s'enfuir, je n'aurais rien pu faire, je ne peux parler, et donc crier, que quand je possède un corps, et ce n'est que plus tard, fin 1824, que je suis sorti pour la première fois de ma bouteille, lorsqu'un des assassins de mon père l'a brisée.

Les jours suivant le départ de Kaspar, Viktor Hauser ne s'intéresse guère au sort de son fils aîné, se contentant de me dire, une fois : « Il a douze ans, il est temps pour lui de vivre, bien que je suppose qu'il en soit incapable. » Kaspar disparaît entre le printemps 1823 et le 26 mai 1828, soit cinq années. J'ignore ce qu'il a fait durant cette période, des gens savent, forcément, mais ont gardé le silence jusqu'à aujourd'hui (quand je pense à eux, je les surnomme « les autres »). On a dit que Kaspar aurait travaillé pour un souteneur de Nuremberg, apportant douceurs et messages aux prostituée. On a dit qu'il aurait été séquestré par des soldats de Napoléon ayant fait de lui leur mignon (Kaspar était de toute beauté, une beauté de porcelaine, pas assez masculine pour ne pas mettre mal à l'aise).

Le 26 mai 1828, un lundi de Pentecôte (comme par hasard ; le Mensonge continue, infecte tout événement), le cordonnier Georg Leonhard Weickmann et son compagnon de métier Jacob Beck rencontrent, non loin de la place du Suif, à Nuremberg, un adolescent visiblement simple d'esprit qui titube et répète tout ce qu'on lui dit. En sus de ses guenilles, d'un chapelet de corne affublé d'une croix en métal, de plusieurs brochures de prières, d'une clé allemande qui n'est autre que celle de l'atelier de mon père, et d'une enveloppe contenant un peu de poudre d'or, le jeune homme porte sur lui une lettre adressée à, sic, *« Monsieur l'honoré capitaine de cavalerie bonapartiste occupant Nuranberg ». Les deux cordonniers décident d'emmener mon frère aîné jusqu'au poste de police, mais les policiers municipaux refusent catégoriquement de s'immiscer dans une affaire concernant l'occupant. Poussés par la pitié que leur inspire l'adolescent hébété,*

Georg Leonhard Weickmann et son compagnon l'escortent jusqu'au campement français de la Porte du Sel. Chemin faisant, sans cesse, Kaspar répète la même phrase : « Je voudrais devenir cavalier comme mon père l'a été. » Durant les jours qui suivent, les soldats interrogent Kaspar sans grand résultat et s'aperçoivent qu'il refuse d'absorber autre chose que du pain et de l'eau, pis : il appelle « gars » toutes les personnes qu'on lui présente, homme ou femme, et « cheval » toute bête qu'il aperçoit, même s'il s'agit d'une mouche ou d'une araignée. Ne sachant qu'en faire, craignant qu'il s'agisse d'un espion prussien qui se fait passer pour un simple d'esprit, les Français l'écrouent dans la Lunginsland, la tour de la prison. Plusieurs mois durant, Kaspar reçoit de nombreuses visites officielles, plusieurs demandes en mariage, fruits de sa peau trop claire, trop douce et de ses yeux gris comme un ciel d'automne. Il est même ausculté par un chirurgien français, M. de Lebec, qui déclare ensuite : « Il n'est ni fou ni idiot, mais a manifestement été tenu éloigné, sous la contrainte et de la façon la plus incroyable, de toute éducation humaine et sociale. »

Fin 1828, parce que le bourgmestre de Nuremberg juge sa détention illégale, Kaspar est relâché par les Français, et l'éducation qui lui faisait tant défaut se voit confiée à l'archevêque de Bavière. Fin 1831, l'énigme Kaspar Hauser a fait le tour de l'Europe, mais Viktor Hauser étant mort depuis quelques années, ses créations tombées dans l'oubli, nul ne fait vraiment le rapprochement (ou alors, de façon grotesque) ; il y a bien un usurier qui se manifeste, mais il est vieux, impotent et surtout juif, donc « indigne de confiance » du point de vue des autorités. Auprès de l'archevêque de Bavière, Kaspar réussit à faire quelques progrès et arrive même à différencier un homme d'une femme. Il passe de longues heures aux écuries, fasciné par les chevaux qu'il croque lamentablement sur le papier qu'on veut bien mettre à sa disposition. À la même époque, il rédige des « récits de sa vie » qui n'ont de cesse de se contredire les uns les autres. Alors que les journaux sont en train de l'oublier, lui et l'énigme qui l'accompagne, alors que mon tour du monde m'a ramené à Nuremberg, je me décide enfin à exaucer le vœu de mon père, à éliminer cette pauvre créature qui, quoi qu'en ait pensé M. de Lebec, est folle et idiote, l'esprit bloqué sur une boucle de pensée, « je voudrais devenir cavalier comme mon père l'a été », qui ne mène à rien.

Le retrouver ne me pose aucun problème. Tout le monde sait où il réside. J'entre dans son esprit afin de le tuer comme j'en ai tué tant d'autres, mais son esprit ne possède pas la texture habituelle, il n'est qu'images de chevaux de bois et de cavaliers en uniforme ; un paysage que j'échoue à expulser de son corps, ce qui d'abord m'effraie puis, en fin de compte, me pousse à utiliser un autre moyen : la possession et la jouissance du corps d'un voyou originaire de Cologne de passage à Nuremberg.

Quand ma lame pénètre le flanc de Kaspar, il regarde le corps que je manœuvre de l'intérieur comme une marionnette et dit, en s'adressant non pas à mon jouet mais bien à l'entité qui en tire les ficelles : « Je sais qui vous êtes, monsieur mon frère. » Ses mots m'empêchent de l'achever, je préfère fuir, et le lendemain le journal local titre, avec une certaine ironie : « Un inconnu poignarde l'inconnu Kaspar Hauser. »

Kaspar est mort. Hier.

Je l'ai poignardé le 14 décembre 1833.

Sous la neige, dans le Jardin de la Cour.

Il n'est pas mort sur le coup, mais dans son lit.

Son agonie a duré trois jours.

Maintenant, c'est au tour de Melchior d'entrer définitivement dans l'oubli. Il a disparu en Afrique, il y a quelques années de cela, mais je finirai par le retrouver. J'en suis sûr.

11

Melchior ouvre les yeux, quelqu'un est en train de le remonter. Il sent la clé qui resserre son ressort, deux tours seulement, à peine de quoi fonctionner une heure. Quelque chose ne va pas, il se sent rouillé, en partie détérioré ; son bras droit ne répond à aucune de ses sollicitations. Ses yeux, sans doute couverts de poussière, accrochent mal les détails de la pénombre environnante. Il accède à sa mémoire tout en observant l'homme noir, l'indigène qui vient de le remonter et s'éloigne maintenant de lui. Melchior revoit le jour d'allégresse — rien ne vous grise plus que le sentiment de réussite professionnelle —, où il quitte les faubourgs de Saint-Louis du Sénégal dans la Rocket IIIB fumante et sifflante, accompagné par le gouverneur de la Colonie littorale du Sénégal, ses collègues de la Société privée d'Ingénierie Stephenson-Hauser, quelques ingénieurs français. Il échoue à garder cette image à l'esprit, son cylindre mémoriel ne roule pas correctement dans sa poitrine, sans doute est-ce la faute de la rouille, du temps qui a passé, du sable qui s'est insinué dans sa mécanique. Combien de temps ? Des années, sûrement, de longues années à ne rien faire, à rester assis dans la mort, ou son plus proche simulacre.

D'un revers de la manche gauche, costume de Saville Row en lambeaux, Melchior s'essuie les yeux. Le dos droit, les jambes à plat, il observe l'endroit dans lequel il se trouve, au milieu de trophées d'animaux, de masques de bois, de boucliers de guerre, de sculptures diverses, notamment de femmes longilignes. C'est une hutte, ou une sorte de chapelle africaine, un lieu de vie ou un lieu de prière. Comment savoir ? Dehors, la nuit tombe, sans heurt. Il aperçoit un bout d'horizon rougeoyant, un grossier triangle de paysage lointain offert par le rabattement d'une peau de lion. Sur sa droite, à moins d'un mètre, la présence d'un fusil maure accroche son regard, une arme très longue, aux boiseries décorées par des triangles de nacre. Juste à côté, il reconnaît son bras droit, arraché, sa boîte d'échecs de voyage, fermée, visiblement intacte.

L'indigène pose la clé d'acier noir à ses pieds,

s'empare du jeu d'échecs, l'ouvre entre eux. Melchior se souvient, son disque mémoriel a bougé d'un cran, gommant le présent. Le train siffle pour s'annoncer avant une grande courbe qui se perd de loin en loin, dans l'herbe haute veillée par les rares silhouettes de baobabs souverains. Le gouverneur est content. Dans le wagon décoré de velours, flambant neuf, tout le monde se congratule, malgré la vitesse d'escargot du convoi. On fume, on boit du café, du vin de palme ou du cognac. Melchior ne distingue aucune couleur, mais il sait que les boiseries d'acajou, fraîchement cirées, sont d'un beau roux sombre, que le velours des fauteuils est bleu roi, décoré d'une frise dorée d'éléphants et de girafes. Il sait tout cela, car il a dessiné les plans du wagon et signé les bons de commande des matériaux et tissus nécessaires à sa finition.

Il ne peut plus accéder à ce passé qui, à ses yeux, ne date que de quelques minutes ; son cylindre mémoriel est de nouveau bloqué.

« Qui êtes-vous ? » demande-t-il à l'indigène, content de s'apercevoir que son cylindre de langue française est encore assujetti à sa poitrine et qu'il fonctionne correctement, bien mieux que son cylindre mémoriel.

« Je suis Balthazar, lui répond l'indigène en français, après avoir semble-t-il cherché ses mots. Le plus jeune des trois frères. Je suis la Main de Dieu. »

Balthazar, Melchior, Kaspar… Il reconnaît là le sens de l'humour particulier de son père Viktor, « victoire sur l'œuvre de Dieu », comme la presse européenne l'a parfois surnommé. Melchior se souvient du visage de son père, de l'atelier de Nuremberg, du visage de Kaspar, âgé de quatre ans, mais il ne se souvient d'aucun Balthazar, d'aucun frère benjamin à la peau noire, c'est impossible, cet Africain ne peut pas être son frère… Soudain, le cylindre mémoriel dérape, grince, et Melchior replonge dans la Rocket IIIB. Tout le monde discute et se congratule ; la fumée des pipes et cigares s'échappe par les jalousies des fenêtres. Un ingénieur français, vêtements clairs, favoris généreux, a coincé Mlle Jingiss en bout de banquette ; elle n'en semble ni gênée ni choquée, bien au contraire. Puis la scène change imperceptiblement. Un visage se laisse envahir par l'étonnement et bientôt la peur. Le sang jaillit. Un homme s'écroule en convulsant sur le plancher du wagon. Sa vie s'échappe de lui, d'un gris si sombre, obscurité éclaboussant les pieds d'autres personnes, le bas des banquettes. On se met à crier, bouches grandes ouvertes, gestes inconsidérés, mais Melchior n'entend rien, il ne peut pas entendre, juste observer, lire quelques bribes d'horreur sur les lèvres de ceux qui s'affolent, perdent tout contrôle. Il voit du sang sombre, des vitres qui volent en éclats, étincelles, feu d'artifice dans la chaleur sans doute étouffante de l'après-midi sénégalais. On les attaque. Le gouverneur est mort, repose de guingois, ni assis ni debout, contre la porte close des commodités. Igor, blessé, gît non loin. Melchior sait que s'il se laisse tomber à terre, il aura les plus grandes difficultés à se relever. Il lit le nom de Dialo sur les lèvres d'un homme qui se meurt. Il voit Mlle Jingiss, toujours en bout de banquette, immobile, le visage ensanglanté, incomplet. Il se rapproche d'Igor, au risque d'être fauché par un projectile. Au cours de sa progression, il aperçoit, par une fenêtre, la formidable armée qui charge sus au train. Des hommes à dos de chameau, vêtus de vêtements clairs, armés de fusils et de sabres courbes, s'éloignant de l'horizon au galop, s'approchant de la voie ferrée à vive allure. Des Maures ! Les Maures ont enfin décidé d'attaquer les Français. Melchior en voit des centaines, peut-être un millier. Ce ne sont pas les soixante soldats bonapartistes entassés sur les deux wagons bâchés qui vont pouvoir les repousser, d'autant plus qu'ils ont le soleil dans les yeux, un soleil africain énorme, haut dans le ciel, mais pas assez pour épargner la vue de la troupe des capitaines Costes et Fescennin. Un impact formidable jette Melchior en arrière. Sa tête heurte le velours d'une banquette. Il reste là, essayant d'enregistrer sur sa mémoire ce qu'il perçoit. Celle-ci semble saturée. À regret, il élimine nombre de souvenirs qui, pour le moment, ne lui servent à rien : adieu Mame Coumba Bang et la pluie de lait caillé qui sanctifie son règne, adieu Guy Seddëlle, adieu petit mouton égorgé dans une rue de Saint-Louis, adieu balcon de fer forgé dans l'ombre duquel quelques filles félines, noires comme la nuit africaine, aguichent les passants, d'un sein dévêtu, voire des deux. Il tombe à genoux, et continue d'avancer vers Igor, alors que les balles transpercent et griffent la voiture de luxe.

Igor murmure quelque chose d'incompréhensible, du russe, probablement.

Melchior observe le mouvement de ses lèvres, lui dit en anglais qu'il ne comprend pas. Adieu Solomon Goldfaden ; adieu tous ses souvenirs d'échecs, de parties multiples ; adieu les berges floues de la Volga.

« … je voulais juste la revoir, lui faire mes excuses…

— Je sais », répond l'automate en anglais.

Il aurait voulu répondre en russe, mais son cylindre de russe se trouve à Saint-Louis, dans sa chambre, et de toute façon les mots « je sais » ne sont pas gravés dessus.

Il voudrait dire quelque chose à Igor, quelque chose qui ait un véritable sens, mais alors qu'il cherche encore ses mots, un impact lui arrache le bras droit et le jette en arrière.

Plus tard, le train ralentit.

Beaucoup plus tard, il fait nuit et des hommes noirs vêtus de vêtements clairs entrent dans le wagon et achèvent les rares blessés. Parmi les assaillants qui pénètrent les lieux du carnage se trouve un géant habillé comme Bonaparte, même uniforme, mêmes médailles sur plusieurs rangs, même tricorne. C'est un Bonaparte sénégalais, immense, c'est l'homme qui, quelques années plus tard, vient de le remonter, deux tours seulement.

Cet homme s'appelle Toussaint Dialo.

Il se souvient du baobab isolé au milieu des termitières, perdu au centre d'une cuvette de terre desséchée, inhospitalière tant le soleil la frappe au cours de la journée. Il se souvient de la hutte à moitié coincée sous ses branches, à moitié creusée dans le tronc, pas vraiment une hutte, plutôt une chapelle où on rend hommage à la guerre, au courage et aux esprits. Il a beau s'être tenu immobile pour économiser son énergie, son ressort est presque totalement détendu. Il revoit les trophées, les mêmes ou presque que ceux qui l'entourent aujourd'hui. Comme le Bonaparte noir pose son bras arraché à côté de lui, Melchior se décide à parler pour la première fois depuis que l'attaque a pris fin, il s'adresse en français à son nouveau propriétaire : « S'il vous plaît, auriez-vous l'obligeance de me remonter ? » Ses mots sont une supplication, même s'il est incapable de leur donner l'intonation adéquate. Il sent qu'il va bientôt cesser de fonctionner et, en face de lui, le Bonaparte sénégalais se contente de rire. C'est étrange de regarder quelqu'un rire quand on ne l'entend pas, quand on n'entend rien, ni les cris d'agonie ni le verre qui a volé en éclats, pas même le sifflement des balles.

Retour au présent.

Toutes les pièces se trouvent sur l'échiquier, à leur place. Toussaint Dialo a vieilli de plusieurs années depuis le jour de l'attaque. Il n'est plus habillé comme Napoléon Bonaparte, il porte une chemise sans col et un pantalon corsaire.

« Une dernière partie, grand frère ?

— Vous êtes Toussaint Dialo, n'est-ce pas ?

— Je suis ton frère, une des inventions de notre père Viktor Hauser. Toussaint Dialo est mort ce matin et désormais son corps est mon vaisseau.

— Mon frère, vous dites ? Une invention ? Comment est-ce possible ?

— Après s'être intéressé aux cadavres, puis aux automates, le Père s'est mis en tête de créer un pur esprit, il a échoué, mais Dieu l'a puni en me faisant apparaître. Il faut que je te parle de Kaspar, comment il a vécu, pourquoi je l'ai tué. Après, nous jouerons aux échecs. Rien qu'une partie. Si tu gagnes, je te ramènerai à Saint-Louis. Toi, ton bras arraché, ton jeu d'échecs et ta clé. Si tu perds, je ne te remonte pas et, en ce qui te concerne, tout s'arrête là.

— Pourquoi ?

— Pourquoi pas ? Tu n'es qu'un objet, n'est-ce pas ? Tu te souviens de Kaspar ? » Melchior acquiesce. « Kaspar est mort. Je l'ai poignardé le 14 décembre 1833. Sous la neige, dans le Jardin de la Cour, à Nuremberg. Il n'est pas mort sur le coup, mais dans son lit. Son agonie a duré trois jours… »

L'histoire de Kaspar Hauser est longue. Pas moins de quatre vies s'y mélangent. Celle d'un simple d'esprit, celle du génie qui le fit revivre, celle d'un automate et, pour finir, celle d'un pur esprit qui, se croyant mandaté par

Dieu, est ici en Afrique pour achever sa mission sur Terre.

« J'ai tué Kaspar et je me dois de te détruire, à moins que Dieu n'arrête mon bras en te faisant gagner la partie d'échecs que nous allons maintenant entamer. Je suis un archange. Évidemment j'ai puisé ce mot mensonger dans un des livres du Malin. Mais, vois-tu, je n'en ai trouvé aucun de plus approprié.

— Comment savez-vous que Dieu existe et que vous êtes à son service ?

— Ce sont mes deux grandes certitudes, et rien de ce que j'ai vu sur cette terre ne m'a poussé à en douter. Il est fort celui qui ne doute pas.

— Non, est fort celui qui doute.

— L'un de nous a tort. Maintenant jouons. »

Une idée incongrue traverse l'esprit de Melchior : *Balthazar est une machine car il ne doute pas ; j'ai cessé d'être une machine le jour où j'ai commencé à douter.* Rasséréné — pourquoi ? il ne pourrait le dire —, l'automate essaie de puiser dans sa mémoire tout ce qui a trait aux échecs, mais aucun souvenir ne lui revient. Pas la moindre bribe de règles. Il s'intéresse alors à sa poitrine, aux quatre emplacements qui s'y trouvent. Tous sont occupés. Le cylindre mémoriel, œuvre de son père, assujetti à son châssis, inamovible, est bien là. Tout comme son second cylindre mémoriel qu'il a lui-même créé. Les deux derniers emplacements sont occupés par ses cylindres linguistiques d'anglais et de français, nécessaires à son travail pour la Société privée d'Ingénierie Stephenson-Hauser. Aucun cylindre d'échecs… Il réalise soudain que celui-ci se trouvait dans sa valise, avec ses cylindres de russe et d'allemand, avec ses journaux, dans le compartiment à bagages de la Rocket IIIB… Sans ce cylindre, qui doit désormais rouiller sous le sable, dans la tente d'un chef de guerre maure ou sur l'étagère à curiosités d'un négociant de Saint-Louis, il lui est impossible d'affronter Balthazar, du moins aux échecs.

« Je ne peux pas jouer, avoue-t-il.

— Tu as une mémoire, n'est-ce pas, tu pourrais essayer de te souvenir.

— Je n'y arrive pas. Je me souviens de beaucoup de choses, mais pas des échecs. Durant l'attaque du train, j'ai effacé tout ce dont je n'avais pas besoin, les échecs en faisaient partie.

— C'est bien ce que je pensais, lui dit Balthazar en souriant. J'ai nettoyé en partie ce monde créé par Dieu et souillé par l'homme, et, quand j'ai poignardé Kaspar il y a quelques mois, je me suis aperçu qu'il n'était rien d'autre qu'un cadavre capable de marcher et de parler. Rien de plus. Un monstre hanté par des images de chevaux de bois et de cavaliers en grand uniforme ! Une créature du Malin. Toi, tu n'es même pas monstrueux, tu n'es qu'une machine, une horlogerie innocente et naïve. Seule ton existence est coupable. Tout comme Kaspar, tu es capable de parler et de marcher, mais ça ne fait pas de toi une créature de Dieu. D'autant que Dieu n'a pas grand-chose à voir avec ta naissance. J'avance un pion. Que fais-tu ?

— Je peux juste avancer un pion, le même que vous, car je ne sais plus comment on joue aux échecs.

— Tu ne l'as jamais su, c'est ton cylindre qui savait pour toi. Une chose que l'on pouvait enlever et remettre en toi, comme on enlève puis remet un costume. Tu n'as pas d'âme, rien que des cylindres contenant des informations, des souvenirs, des paroles enregistrées.

— Si tel est le cas, je ne mérite pas de disparaître.

— Bouge ton pion, ton temps est compté, tu le sais, je n'ai tourné la clé que deux fois… »

Melchior utilise sa main gauche pour se saisir d'un pion noir, qu'il avance de deux cases en direction du pion que Balthazar a avancé avant lui. Son geste rouillé est imprécis ; il renverse ou déplace une bonne partie des pièces du plateau. Balthazar remet tout en place, respecte la symétrie de l'échiquier.

« Maintenant, je déplace mon cavalier. Que fais-tu ?

— La même chose. Que puis-je faire d'autre ?

— Si tu continues comme ça, je vais te piéger, prendre une de tes pièces, mettre en danger ton roi et tu ne pourras plus agir comme moi, conserver la symétrie de cette partie d'échecs. Je crois que tu as d'ores et déjà perdu la partie.

— Certes, mais je ne mérite pas de disparaître. » Melchior sent que son ressort est quasiment détendu. « S'il vous plaît, auriez-vous l'obligeance de me remonter.

— Non.

— S'il vous plaît, auriez-vous l'obligeance de me remonter… S'il vous plaît, auriez-vous l'obligeance de me remonter…

— Non, tu as perdu. Je pourrais te dire que je suis désolé, mais je ne le suis pas. Je ne ressens rien à ton sujet, de toute ma vie je n'ai ressenti que la grandeur de Dieu. C'est elle qui est à l'origine de tous mes actes.

— Vous avez tué des innocents.

— Et alors ? Les innocents rejoignent Dieu, d'une façon ou d'une autre, et se fondent dans Son amour. Je n'ai jamais agi par haine, mais tu ne peux pas le comprendre. J'ai restauré une toile, enlevant les grains de poussière qui la souillait. Dieu a été aveugle à ton sujet, tu es une tache sur la toile. Et maintenant, grâce à moi, Dieu te voit et refuse de te voir plus longtemps. Je ne suis qu'un messager. Aucune haine. Aucune méchanceté.

— S'il vous plaît, aur... »

La dernière chose que Melchior ressent est le petit claquement du ressort totalement détendu.

À l'aide d'une solide corde, Balthazar ficelle Melchior, son bras arraché et sa clé, puis glisse le tout dans un grand sac de toile que, d'une pression du pied, il précipite au bas du baobab.

Après avoir uriné sur une termitière plus haute que lui, il se met en route, à travers l'herbe haute, son fardeau sur l'épaule.

Deux heures plus tard, arrivé au bord de la rivière, il installe l'automate dans une pirogue qu'il a cachée dans les roseaux en début d'après-midi. Il pousse l'embarcation, l'accompagne jusqu'à avoir l'eau à hauteur des genoux, y embarque, les mollets ensanglantés là où les roseaux l'ont coupé et griffé. Ses pieds sont couverts d'une vase si verte qu'elle en est presque noire. Le sang, la boue, il n'y prête aucune attention. Il ramasse la pagaie gisant au fond de la pirogue et commence à forcer sur ses bras, un coup à droite, un coup à gauche, afin de rejoindre le plus gros du courant.

Une fois parvenu à un endroit où l'eau lui semble vive et profonde, il pousse son frère par-dessus bord sans même un regard pour le sac qui coule dans les flots noirs. Il lève les yeux, contemple les étoiles en souriant. Le corps de Toussaint Dialo s'affaisse aussitôt dans la pirogue, le cœur à l'arrêt, les yeux grands ouverts, un bras frôlant l'eau vive. Balthazar, lui, s'élève déjà vers les étoiles, vers Dieu.

DÉCOUVREZ LES FOLIO 2 €

Parutions de janvier 2008

ANONYME *Le pavillon des Parfums-Réunis* et autres nouvelles chinoises des Ming

Mélange de poésie, de raffinement et d'érotisme délicat, ces nouvelles des Ming nous entraînent dans un voyage sensuel et chatoyant.

CICÉRON *« Le bonheur dépend de l'âme seule » Tusculanes, livre V*

Avec clarté et pragmatisme, Cicéron se propose de nous guider sur les chemins de la sagesse et du bonheur.

Thomas DAY *L'automate de Nuremberg*

Sur fond de campagnes napoléoniennes, un voyage initiatique à la croisée des genres pour entrer dans l'univers de Thomas Day.

Lafcadio HEARN *Ma première journée en Orient* suivi de *Kizuki le sanctuaire le plus ancien du Japon*

Pour découvrir le Japon, ses mystères et ses charmes, quel meilleur guide qu'un poète voyageur ? Suivez-le…

Rudyard KIPLING *Une vie gaspillée* et autres nouvelles

Une chronique de l'Inde victorienne pleine de finesse et d'humour par l'auteur du *Livre de la jungle.*

D. H. LAWRENCE *L'épine dans la chair* et autres nouvelles

L'auteur de *L'Amant de lady Chatterley* nous offre trois portraits de femmes prisonnières des convenances, mais aussi de leurs désirs.

Luigi PIRANDELLO *Eau amère* et autre nouvelles

Quelques nouvelles aussi acides que malicieuses sur les relations entre les hommes et les femmes.

Jules VERNE — *Les révoltés de la Bounty* suivi de *Maître Zacharius*

Respirez l'air du large et embarquez sous les ordres du capitaine Verne pour une aventure devenue légendaire !

Anne WIAZEMSKY — *L'île*

Les rêves et les inquiétudes d'une femme amoureuse racontés avec sensibilité et tendresse par l'auteur de *Jeune fille*.

Et dans la série « Femmes de lettres » :

Simone de BEAUVOIR — *La femme indépendante*

Agrégée de philosophie, unie à Jean-Paul Sartre par un long compagnonnage affectif et intellectuel, Simone de Beauvoir (1908-1986) publie en 1949 *Le deuxième sexe*, dont on trouvera ici quelques pages marquantes. Ce texte fait d'elle l'une des grandes figures du féminisme du XXe siècle et lui assure une renommée internationale.

Composition Nord Compo
Impression Novoprint
à Barcelone, le 4 décembre 2007
Dépôt légal : décembre 2007

ISBN 978-2-07-034890-4./Imprimé en Espagne.

154395